네르가시아 장편 소설
FUSION FANTASTIC STORY

THE MODERN MAGICAL SCHOLAR

현대 마도학자 8

네르가시아 장편 소설

초판 1쇄 찍은 날 § 2015년 4월 6일
초판 1쇄 펴낸 날 § 2015년 4월 13일

지은이 § 네르가시아
펴낸이 § 서경석

편집부장 § 권태완
편집책임 § 박은정

펴낸곳 § 도서출판 청어람
등록번호 § 제387-1999-000006호
등록일자 § 1999. 5. 31
어람번호 § 제1-2096호

주소 § 경기도 부천시 원미구 부일로 483번길 40 서경B/D 3F (우) 420-822
전화 § 032-656-4452 팩스 § 032-656-4453
http://www.chungeoram.com
E-mail § chungeorambook@daum.net

ISBN 979-11-04-90187-4 04810
ISBN 979-11-316-9243-1 (세트)

현대 마도학자

네르가시아 장편 소설
FUSION FANTASTIC STORY

THE MODERN
MAGICAL
SCHOLAR

THE MODERN
MAGICAL
SCHOLAR

CONTENTS

1장

최첨단 머신에
적응하라

강원도 영암에 위치한 훈련장.

이곳은 화수가 스폰서들의 지원을 받아 임시로 만든 서킷이다.

마도학으로 땅을 다지고 펜스를 설치하는 등 실제 서킷과 아주 유사한 조건을 갖추었다.

위이이이잉!

서킷을 내달리는 웨지와 그를 조종하고 있는 잭키 브라이언트의 모습이 팀원들의 시선을 잡아끌었다.

"랩타임(Lap time) -3초입니다. 이전보다 훨씬 더 좋아졌네요."

피트크루들은 웨지가 낸 기록에 아주 만족하는 듯했다.

하지만 팀 디렉터 닉은 지금 웨지가 낸 기록을 탐탁지 않게 여겼다.

"세팅을 바꾸도록 하지."

"예? 하지만 기록이 꾸준히 늘고 있습니다만……."

"웨지의 스팩으로 미뤄봤을 때 지금 이 기록은 엉망이라고 말하고 싶을 정도야. 이건 파츠의 문제이거나 차체의 세팅 문제일 가능성이 높다고 할 수 있지. 그러니 세팅을 바꿔보고 그것도 안 된다면 다른 훈련법을 찾아보는 수밖에."

닉이 세계 최고의 팀 디렉터가 될 수 있었던 것은 이런 깐깐하고도 불도저 같은 실행력 덕분이다.

그런 그의 고집을 너무나도 잘 알고 있는 피트크루와 마스터 메카닉은 묵묵히 명령에 따랐다.

"세팅은 어떻게 바꾸는 것이 좋을까요?"

"코너링을 조금 더 매끄럽게 하면 좋겠어. 지금의 코너링으로는 정식 게임에 문제가 생길 수도 있으니."

"알겠습니다. 차체의 측면을 손보겠습니다."

"그렇게 하게."

멀리서 팀을 지켜보는 화수의 얼굴에 만족감이 어렸다.

'그래, 천릿길도 한 걸음부터다.'

그 어떤 상황에서도 좌절하지 않는 것이야말로 팀 브레멘의 가장 큰 장점이라고 해야 할 것이다.

*   *   *

랩타임을 —4초까지 끌어올렸지만 아직까지 만족스러운 결과는 얻어내지 못했다.

웨지의 드라이버인 잭키는 지금 이 상황에 대해 자신의 실력 부족을 언급했다.

"차의 다운포스에 제가 제대로 적응하지 못한 것 같습니다. 차체가 내는 지포스(G—FORCE)를 제대로 가늠할 수도 없는 것 같고요."

"으음, 한마디로 중력에 적응하기가 힘들다는 소리군요?"

"예, 그렇습니다."

화수는 잭키의 솔직한 발언이 무척이나 고마웠다.

만약 그가 자신의 실력 부족을 일찌감치 고하지 않았다면 팀은 계속해서 고전을 면치 못했을 것이다.

"좋습니다. 그럼 제가 중력을 이길 수 있는 훈련을 시켜드리지요."

"중력을 이길 수 있는 훈련이요?"

"어차피 이대로는 순간 시속 450㎞의 다운포스를 이길 수 없을 겁니다. 그러니 그에 걸맞은 훈련을 시도해 봐야지요."

"그런 훈련이 있습니까?"

"만들면 됩니다. 기구는 제가 알아서 만들 테니 잭키 씨는 체력 훈련에 집중해 주십시오. 아마도 엄청난 양의 체력이 소모될 테니까요."

"알겠습니다. 트레이너에게 지금의 훈련보다 약 두 배가량 높은 난이도로 부탁하겠습니다."

"그래주십시오."

두 사람은 각자의 위치에서 나름대로 노력을 기울이게 될 것이다.

잭키의 전속 트레이너인 제임스 스코필트는 자신이 키우는 선수에게 타바타 트레이닝과 크로스핏을 번갈아가면서 진행시켰다.

그러면서 경찰특공대인 SWAT에서 사용하는 기록 측정식 트레이닝법을 동시에 적용했다.

월요일에는 타바타 트레이닝으로 심폐지구력과 순간 근력을 높이고 화요일에는 크로스핏으로 근육량 증가와 근력 증강을 꾀하였다.

이 모든 훈련은 아침과 저녁에 할 로드워크를 섞은 일정이다.

때문에 그는 엄청난 식사량을 소화하면서도 지방이 단 1g 도 붙지 않았다.

수요일은 앞서 이틀을 투자하여 트레이닝한 성과를 측정 하고 조금 더 신체 능력을 극대화시키기 위한 측정식 트레이 닝이 이어졌다.

제자리멀리뛰기나 150미터 허들, 100미터 달리기, 2.5㎞ 달리기, 턱걸이와 윗몸일으키기 등이 그 종목이다.

이 종목을 한 번씩 트레이닝하는 것만으로도 진이 쭉 빠졌 지만 제임스는 잭키에게 원하는 기록을 얻을 때까지 반복 트 레이닝을 시켰다.

이렇게 3일을 한 서클로 잡고 두 서클이 끝나면 일요일에 는 아주 편안한 휴식을 갖게 하였다.

물론 휴식을 취하는 날에도 아침 로드워크와 저녁 로드워 크는 빼먹지 않았다.

몸에 젖산이 축적되는 것을 막고 근육의 피로를 회복시키 기 위한 휴식이지만 몸이 늘어지면 곤란하기 때문이다.

이런 지옥과도 같은 스케줄을 죽을 동 살 동 소화하던 잭키 가 불현듯 제임스에게 훈련량을 늘려달라고 부탁했다.

"진심인가요?"

"물론입니다."

"잘못하면 과로로 쓰러질 수도 있어요."

“영양을 지금보다 훨씬 더 잘 챙기겠습니다. 필요하다면 보충제도 추가로 복용하겠습니다.”

잭키는 올해로 30대 초반에 들어섰다.

남자의 신체는 40대에 그 정점을 찍는다고 하지만 그것은 어디까지나 초인적인 훈련을 거듭한 운동선수에게나 해당되는 소리다.

매일 술에 찌들어 살던 잭키에게 그런 양질의 기록을 기대하기란 사실상 어렵다.

그럼에도 불구하고 잭키는 그 한계를 뛰어넘기 위해 자신을 혹사하겠다고 말한다.

“으음.”

“듣자 하니 복합영양제와 홍삼 등을 복용하면 훈련에 좋다고 하더군요. 그래서 직접 용하다는 한의사까지 고용했습니다.”

제임스는 졌다는 듯이 고개를 흔들었다.

“뭐, 그렇게까지 말씀하신다니 제가 도와드리지 않을 수 없군요.”

“그럼 훈련량을 늘려주시는 겁니까?”

“별수 있나요. 그대로 따라야지요.”

“감사합니다.”

“하지만 한번 시작하면 포기란 없습니다. 아시죠? 저는 될 때까지 하는 사람입니다."

"물론이지요."

"좋습니다. 당장 시작하지요."

"예, 알겠습니다."

두 사람은 화수가 만들어준 트레이닝 장소로 이동했다.

*   *   *

화수는 나사에서 사용하는 우주인 전용 중력적응훈련기를 모티브로 훈련기기를 만들어냈다.

사람이 타는 조종석을 추로 삼아 회전시키는 이 훈련기에는 회전력에 다운포스까지 적용시켜 일반인은 오르자마자 정신을 잃어버릴 정도로 강력한 중력이 전해진다.

위이이이이이잉.

훈련기에 몸을 실은 화수는 단 몇 초 만에 눈앞이 빙글빙글 도는 것을 느꼈다.

또한 다운포스가 8G를 넘어가기 시작하자 더 이상 버티기 힘들어 정신이 혼미해져 왔다.

"그, 그만 돌려요!"

찬미는 조작 장치에서 빨간색 버튼을 눌러 장치를 정지시켰다.

"허억허억!"

거친 숨을 몰아쉬는 화수를 바라보며 찬미가 걱정스레 물었다.

"사람이 이 기계에 과연 적응할 수 있을까요? 그러다 죽으면 어쩌죠?"

"걱정하지 마십시오. 그는 이런 중력에 가장 잘 적응하는 선수입니다. 충분히 해낼 수 있어요."

"뭐, 그렇다면 다행이지만……."

그녀는 마도병기보다 훨씬 더 뛰어난 신체 능력을 가진 화수가 적응하지 못한다면 다른 일반인은 결코 적응할 수 없다고 생각했다.

하지만 화수는 잭키의 가능성을 믿고 있었다.

"다른 사람은 몰라도 잭키라면 충분히 성공할 겁니다."

"그래요. 꼭 그렇게 되어야지요."

화수는 이 기계를 영암에 위치한 훈련장으로 옮기기로 했다.

잭키는 하루에 무려 네 시간이나 되는 체력 훈련을 마치고 나면 곧장 중력 훈련에 들어갔다.

그는 녹초가 된 몸을 마나코어드링크로 회복시키곤 곧바로 훈련에 착수했다.

위이이이잉.

무려 7G나 되는 다운포스에서 그림을 그리는 훈련이 시작되었다.

"으으으윽!"

"집중해요! 잘못하면 정신을 잃습니다!"

30초나 계속되는 회전 훈련을 견디며 도화지에 그림을 그린다는 것은 결코 쉽지 않은 일이다.

하지만 그는 가까스로 도화지에 연필을 가져다 대며 팔을 움직였다.

슥슥슥.

그러나 아직 도형이나 직선을 만들어내기엔 다소 무리가 있었다.

그렇게 1분 30초가량을 버틴 그는 결국 블랙아웃을 경험하고 말았다.

"으으……."

"멈춰요! 당장 멈춰요!"

중력훈련기계를 멈춘 화수가 달려가 그의 의식을 확인했다.

"이봐요! 잭키 씨!"

"쿨럭쿨럭!"

뇌의 혈류가 일시적으로 빠져나가면서 블랙아웃을 경험한

그는 이내 눈을 떴다.

"저, 저는 괜찮습니다."

화수는 눈을 뜬 그의 어깨를 툭툭 쳤다.

"역시 쉽지가 않군요."

"세상에 쉬운 일이 어디 있습니까? 특히나 저는 골방에 처박혀 술이나 퍼마시던 놈인걸요. 애초에 쉬울 것이라는 생각은 전혀 하지 않았습니다."

"하긴, 그건 저도 그랬습니다."

두 사람은 다시 한 번 힘을 내었다.

"충분히 휴식을 취한 후에 다시 훈련을 재개하시지요."

"그럽시다."

음료수 등으로 체력을 회복한 잭키는 다시 훈련에 돌입했다.

　　　　　　*　　　　*　　　　*

중력을 견디기 위한 훈련은 계속되었다.

하체의 근력을 비약적으로 상승시켜 신체의 밸런스를 강화시키는 것도 중력 훈련에 도움이 된다.

제임스는 잭키의 트레이닝을 상체 중심의 훈련에서 하체와 어깨, 목으로 집중시켰다.

케틀 벨을 들고 런지로 약 50미터를 걸어가면서 한 걸음에 비하인드 넥프레스를 한 회씩 반복했다.

이렇게 운동하면 하체의 근력을 기를 수 있을 뿐만 아니라 어깨의 근력을 키울 수 있다.

그러는 동시에 심폐지구력도 늘어나며 신체의 밸런스가 거의 완벽하게 맞아떨어지도록 훈련이 된다.

하지만 단 하나 단점이 있다면 이 훈련은 사람이 악을 쓰고 기절을 할 정도로 힘들다는 것이다.

"허억허억!"

"포기하면 안 됩니다! 포기하면 처음부터 다시 할 겁니다!"

"으아아아악!"

사람이 악에 받쳐 운동할 수밖에 없는 상황을 만드는 것이야말로 트레이너의 가장 큰 덕목이다.

또한 그러면서도 트레이닝 받는 이의 체력 상황과 한계점을 잘 파악해서 그것을 완벽하게 컨트롤할 수 있어야 한다.

총 3회를 반복하고 나서야 제임스는 잭키에게 휴식을 부여했다.

"어때요? 할 만합니까?"

"…죽을 것 같군요."

"후후, 그럴 줄 알았습니다. 하지만 이 훈련을 자처한 사람이 본인이라는 것을 잊지 마십시오."

"물론이지요."

"다시 시작할까요?"

"후우, 다 좋은데 요즘 들어 당신이 참으로 얄미워지네요."

"원래 운동이라는 것이 다 그렇지요. 어서 일어나세요."

"알겠습니다."

마치 벼루 먹은 강아지처럼 축 늘어져 있던 그가 자리에서 벌떡 일어섰다.

잭키의 가장 무서운 점이라면 절대로 포기하지 않는 근성이다.

그는 곧장 다시 케틀 벨을 잡았다.

중력을 이기는 데 가장 중요한 것은 뇌로 흘러가는 혈류를 잘 잡아주는 것이다.

잭키는 메인 운동을 모두 마치면 목에 무게 추를 달아 고개를 좌우로 흔드는 훈련을 시작했다.

이것은 마치 어린아이가 도리도리하는 것과 비슷한 모습이다.

뇌혈관이 약한 사람은 이 도리질을 잘못하면 기절하거나 극심한 두통에 시달릴 수도 있다.

하지만 오랜 시간 훈련으로 자신을 다져온 잭키는 그것을 충분히 버틸 수 있었다.

거기에 무게를 높여 고개를 좌우로 흔들게 되면 마치 중력의 압박을 받는 것과 비슷한 효과를 경험하게 된다.

단 20초 만에 눈이 빙글빙글 도는 훈련을 몇 차례 거치고 나면 속이 메스꺼워졌다.

그러나 또다시 기절을 맛보게 되는 중력 훈련에 돌입했다.

위이이이이잉.

30초 이상 계속되는 훈련, 잭키는 드디어 7G의 중력에서 원을 그리는 데 성공했다.

"허억허억!"

얼굴이 새빨개지고 땀이 비 오듯 흐르는 순간에도 그는 초인적인 집중력을 발휘해 그림을 그릴 수 있는 경지에 이르게 된 것이다.

하지만 1분이 넘게 이것을 지속하게 될 경우에는 다시 기절을 맛보게 될 것이 틀림없었다.

화수는 즉시 기구를 멈추어 세웠다.

위잉.

거친 숨을 몰아쉬고 있는 잭키에게 화수가 물었다.

"휴식을 좀 취하는 것이 어떨까요?"

"30분 쉬었다가 다시 가시죠."

"좋습니다."

폐인이던 잭키는 점점 최고의 드라이버가 되어가고 있었다.

＊　　　＊　　　＊

훈련 일주일 차.

위이이이잉.

이제 다운포스 7G에서 무리 없이 그림을 그릴 수 있게 된 잭키는 3분 동안 자신의 머릿속에 있는 이미지를 도화지에 그려 넣었다.

슥삭슥삭.

그리고 이제 다운포스 8G에 달하는 엄청난 압력이 그의 몸에 가해졌다.

"크윽!"

일반인 같았으면 벌써 블랙아웃이 왔거나 심하면 뇌출혈로 죽었을지도 모른다.

하지만 그는 충분히 그 압력을 견디면서 계속해서 그림을 그려 나갔다.

사각사각.

손끝에 조금씩 힘이 들어갈 때도 있었지만 이내 그는 손끝의 힘을 빼고 손목의 힘으로만 그림을 그려 나갔다.

그렇게 하여 완성한 그림은 그가 10년 전에 키우던 코카스파니엘이다.

"허억허억!"

목탄으로 그린 그림은 중력이 가해지지 않은 상황에서 그린 그림과 크게 다르지 않았다.

다만 그림 이곳저곳에 땀방울이 떨어져 있어 그림이 좌우로 심하게 번져 있을 뿐이다.

화수는 잭키가 그린 그림을 감상했다.

"제 어머니께서 기르시던 개입니다. 돌아가시면서 제가 맡게 된 것이지요."

"으음, 좋네요. 이 개는 명을 다했습니까?"

"뭐, 세상 모든 피조물이 조물주를 향해 돌아가는 것은 순리 아니겠습니까?"

"철학적이시네요."

"아버지의 지론이었습니다. 물론 그분께서도 지금은 계시지 않지만 말입니다."

호랑이는 죽어서 가죽을 남기고 사람은 이름을 남긴다고 하지만, 결국 사람의 기억 속에 남는 것이다.

그가 살아온 인생이 남아 있는 사람들의 머릿속에서 계속 살아 움직이게 된다.

아마 누군가 말한 사후세계의 영생이란 이런 것이 아닐까 하고 화수는 생각해 봤다.

"아무튼 기록은 좋아졌습니다. 이 정도라면 충분히 부스터를 사용할 수 있을 것 같습니다."

"그럼 내일부터는 정식으로 머신을 조종해도 되겠군요."

"그렇지요. 솔직히 말씀드리자면 훈련을 종료하지 않았더라도 지금부터 차량을 조율하고 기기를 몸에 익혀야 합니다. 시간이 별로 없거든요."

"후후, 그럼 시기적절하게 끝났다고 봐도 무방하겠군요."

"어느 정도는요."

잭키는 웨지와 한 몸이 되기 위한 훈련에 돌입했다.

*   *   *

화수가 만든 트랙에서 웨지가 뽑아낼 수 있는 예상 최고 랩타임은 3분 2.45초이다.

그러나 잭키는 그 예상 랩타임을 ―0.9초 줄여냈다.

위이이잉!

"시, 신기록이에요!"

"역시 사장님의 훈련법이 성과가 있었던 겁니다!"

"모두 선수 본인이 열심히 한 덕분이지요."

이윽고 차가 피트인하고 나서 오늘의 레이스에 대한 강평이 이어졌다.

닉은 어떻게 하면 조금이라도 기록을 줄일 수 있는지에 대해 설명했다.

"직선이나 완만한 커브링은 좋지만 급커브 구간에서 속도가 눈에 띄게 뒤처지는 경향이 있다."

"프론트 윙을 교체하면 어떨까요?"

"안 돼. 그렇게 되면 부스터를 사용할 수가 없어. 아마 부스터를 사용하는 즉시 차가 뒤집어지고 말 거야."

프론트 윙은 차체 앞쪽에 달린 머리 부분인 노즈 아래에 설치하는 보조 날개다.

웨지의 경우엔 이 노즈가 뾰족한 송곳 모양으로 되어 있어 바람을 뚫고 지나갈 수 있다.

하지만 이것은 커브에서 취약점을 드러낸다.

바람의 저항을 이기기 위해 앞부분을 뾰족하게 만들었기 때문에 방향 전환이 쉽지 않은 것이다.

고민에 빠진 이들에게 화수는 아주 간단한 해결책을 제시했다.

"어지간하면 이 방법에 대해서는 거론하지 않으려고 했습니다만, 사실 웨지에는 숨겨진 기능이 하나 더 있어요."

"숨겨진 기능이요?"

"잭키 선수의 기량이 부스터에 적응하고 나면 밝히려고 지금까지 가만히 지켜보고만 있었는데 실제론 코너링 문제를 아주 손쉽게 해결할 수 있는 방법이 있습니다."

"그게 뭡니까?"

"제가 한번 실제로 보여드리지요. 잠시 저에게 머신을 넘겨주시겠습니까?"

"그러지요."

화수는 잭키에게서 콕핏(운전석)을 받았다. 그리곤 피트크루에게 시동을 걸도록 지시했다.

"한번 달려봅시다."

"예, 사장님."

철컥, 부우웅!

머신에 시동을 걸고 난 후 화수는 곧장 서킷으로 차를 몰았다.

끼이익, 부우웅!

그의 거침없는 드라이빙에 잭키가 눈을 휘둥그렇게 떴다.

"원래 사장님께서 운전을 잘하시는 편이었나요?"

"그러게 말이야."

화수를 바라보는 닉의 시선이 반짝거렸다.

운전대를 잡은 화수는 팀에게 라디오를 송신했다.

―지금부터 제가 하는 것을 잘 보십시오.

메카닉과 피트크루의 시선이 화수의 모의 레이싱을 중계하고 있는 모니터로 향했다.

그는 1㎞ 이상 이어지던 직선에서 곧장 휘어지는 급커브에

도달했다.

끼이이익!

급제동으로 차를 세워야 정상이지만 화수는 그렇게 하지 않고 곧장 핸들을 틀었다.

"어, 어어어……?!"

다소 어처구니없을 정도로 급격하게 핸들을 꺾은 화수는 핸들 뒤쪽에 있는 버튼을 눌렀다.

딸깍.

그러자 차체 좌측에서 바람이 흘러나왔다.

휘이이이이잉!

차체의 밑을 들어 올릴 정도로 강력한 바람이 불어오자 차량은 지면에서 약 1㎝가량 뜬 상태에서 회전했다.

부우우우웅!

"나, 날았어?!"

우측으로 돌아가던 차체는 커브 지점을 지나치자마자 곧장 다시 우측 차체에서 바람을 뿜어냈다.

휘이이잉! 끼이익!

제동 없이 커브를 꺾을 수 있던 것은 바로 차체를 움직이는 바람 덕분이었다.

화수는 차량 측면에 바람의 마법을 건 소형 프로펠러를 장착시켜 차량을 공중으로 살짝 띄웠다.

"오, 오오오!"

"저런 말도 안 되는 퍼포먼스가 가능하다니!"

팀의 수석 엔지니어는 물론이고 디렉터인 닉까지 자리를 박차고 일어나 박수를 쳤다.

짝짝짝짝!

마지막으로 화수는 직선 코스에서 부스터를 가동시켰다.

위이이잉, 퍼엉!

슈가가가가각!

"크윽!"

몸이 뒤로 밀리는 압력 때문에 눈을 뜰 수가 없을 지경이었다.

만약 화수가 마도학을 익히지 않았다면 지금쯤 그는 저세상 사람이 되고 말았을 것이다.

이윽고 다시 피트인한 화수는 땀으로 샤워한 채로 차에서 내렸다.

"어떻습니까? 이 정도면 코너링을 제대로 해낼 수 있겠지요?"

"이런 방법이 있을 줄이야……."

"하지만 문제는 바람을 다룰 줄 알아야 한다는 겁니다. 잘 못하면 차체가 날아가 사고로 이어질 수도 있으니까요. 이런 퍼포먼스는 F1에서 제재를 가할 수도 있어요."

화수는 머신에서 내려 자신의 가방이 있는 곳으로 향했다.

"잠시만 기다려 주십시오."

팀원들은 그가 이번에는 또 어떤 물건을 가지고 나올지 몰라 고개를 갸웃거렸다.

그러다 그가 가지고 나온 물건을 바라보며 하나같이 눈동자에 물음표를 그렸다.

"그게 뭡니까?"

"방패연입니다."

"연이요?"

"동양에서는 명절이면 이 연을 날리곤 합니다. 바람을 타고 날면 꽤 높이까지 떠오르지요. 하지만 양쪽에서 바람이 불면 이것을 잘 컨트롤하기가 힘듭니다. 그래서 아이들은 이 연으로 싸움을 하여 연 따먹기를 하곤 하지요."

"으음."

잭키는 화수에게서 연을 건네받았다.

"앞으론 이걸 항상 지니고 다니면서 연습하십시오. 내일부터는 시속 350㎞에서 연을 가지고 놀 겁니다."

"그게 가능할까요?"

"연습하면 가능하겠지요."

매년 미국을 쑥대밭으로 만드는 토네이도의 시속은 평균 600㎞이다.

하지만 시속 200㎞만 넘어도 주변을 초토화시킬 수 있는 엄청난 파괴력을 낸다.

한마디로 화수는 토네이도 한복판에서 연을 날리는 연습을 하라고 말하는 것이다.

모두가 불가능하다고 생각했지만 단 한 사람만은 그렇지 않았다.

"좋습니다. 내일부터 당장 연습하지요."

"힘든 하루가 될 겁니다."

"항상 말씀드리지만 저는 언제나 극한에 뛰어들 준비가 되어 있습니다."

"그런 자세 좋습니다."

잭키와 화수, 두 사람은 다시 한 번 의기투합했다.

*   *   *

화수가 만든 모의 시뮬레이션은 거대한 원통에 시속 350㎞의 바람을 불게 하여 연을 조종하는 것이다.

사람이 서는 원통의 조종석에는 강화플라스틱과 마나코어를 합금한 초강력 강화플라스틱이 장착되어 있다.

그리고 연을 날리는 곳에는 각가지 장애물이 설치되어 있어 연을 날리기 힘들도록 했다.

쐐에에에에에엥!

"크으으윽!"

유리는 강화플라스틱으로 되어 있지만 연을 고정한 강철 와이어를 조종하는 것은 사람이다.

그것을 꽉 잡고 버티는 것도 쉽지 않은 일인데 이것을 정밀하게 조종하는 것이란 거의 불가능에 가까운 일이다.

처음 연을 날린 잭키는 장애물을 하나도 피해내지 못했다.

쇠구슬과 나무토막으로 된 장애물에 맞아 만신창이가 된 연이 힘없이 바닥으로 떨어졌다.

툭.

"처참하군."

"생각보다 쉽지 않지요?"

"처음부터 쉬운 일이 어디에 있겠습니까?"

단 3분가량 훈련했음에도 불구하고 잭키의 손은 사시나무처럼 떨리고 있다.

그만큼 바람이 만들어내는 저항력이 대단했다.

"아시겠지만 이건 시속 400km에 육박하는 속도를 이겨내며 컨트롤해야 하는 아주 어려운 작업입니다. 지금의 훈련이 모두 피가 되고 살이 될 겁니다."

"명심하겠습니다."

화수는 그에게 강화고무로 된 로프를 건넸다.

"앞으론 이것도 함께 가지고 트레이닝하십시오. 제가 특별히 만든 겁니다."

검은색으로 된 고무는 일반적인 고무의 약 열 배에 달하는 장력을 가지고 있어 일반 남성은 단 10㎝를 늘리는 것도 힘들 정도이다.

"이것을 각각 한 손에 쥐고 끌어당기는 훈련을 하십시오. 아마 그렇게 된다면 핸들을 조작하는 능력도 향상되겠지요."

"알겠습니다. 항상 가지고 다니면서 연습하지요."

"좋습니다. 그런 자세가 최고를 만드는 법이지요."

고무 로프를 주머니에 쑤셔 넣은 잭키는 다시 화수를 재촉했다.

"시간이 조금 남으니 한 번 더 하시죠."

"그러시겠습니까?"

"부탁드립니다."

자신의 몸을 혹사시키는 것을 즐기는 변태가 아니고서야 이런 고된 훈련을 자청할 사람은 없을 것이다.

하지만 세계챔피언의 자리는 이런 고된 반복 숙달이 있고서야 비로소 그 흐릿한 실루엣이 보이게 되는 법이다.

두 사람은 밤늦도록 훈련에 열중했다.

2장

라이벌과 또다시

　팀 브레멘이 F1 그랑프리에 나가는 것이 공식화된 가운데 가장 큰 문제가 생겼다.

　팀에서는 각 두 명의 선수를 내보낼 수 있는데, 그것은 팀이 우승에 가까워지는 기본적인 조건이다.

　하지만 팀 브레멘에는 슈퍼 라이선스를 가진 사람이 단 한 명밖에 없었다.

　하다못해 스페어 드라이버 하나 없는 브레멘의 경우엔 메인 선수가 부상이라도 당하면 팀은 그 자리에서 레이스를 치를 수 없게 되는 셈이다.

팀 디렉터인 닉은 이 부분을 가장 큰 맹점이라고 지적했다.

"크루들은 모두 섭외했지만 정작 중요한 선수가 세 명이나 비는군. 이건 생각보다 더 큰 문제야. 그렇다고 자네가 경기에 뛸 수도 없는 노릇 아닌가?"

화수가 고개를 끄덕였다.

"그러게 말입니다. 어디선가 선수를 더 영입할 수 있는 방법이 없을까요?"

"신인 선수야 많지. 이제 막 루키에서 치고 올라오는 사람들도 있으니까."

F1에 데뷔할 수 있는 조건은 협회에서 요구하는 커리어를 쌓은 자여야만 한다.

3년 동안 최저 15개의 레이싱에 출전해야 슈퍼 라이선스를 발급받을 수 있는데, 잭키는 FIA에서 개최하는 대회를 5년 연속 출전했다.

5년 동안 성적 부진으로 슬럼프에 빠져 있었지만 그가 잠적한 기간이 딱 2년 6개월.

그전에 F1 그랑프리의 각 대회에 모두 참여했기 때문에 라이선스를 발급받을 수 있었다.

아마 조금만 늦게 그를 발견했다면 기간이 지나 라이선스를 발급받을 수 없었을 것이다.

화수가 그를 선택한 것은 머신에 적응할 수 있는 뛰어난 능력 때문이었다.

아마 이제 막 F2나 F3에서 올라온 신인들은 화수가 만든 머신에 적응할 수 없어 포기하는 사태가 벌어지고 말 것이다.

지금 그의 입장에선 그런 애송이들에게 시간을 허비할 여유가 없었다.

"으음, 곤란하군요."

"머신의 성능을 낮추는 건 어때?"

"그렇다면 가용 가능한 선수는 많아지지만 우리 팀이 승리할 수 있는 가능성이 적어지지 않겠습니까?"

가만히 화수와 닉의 대화를 듣고 있던 베네노아가 말했다.

"한 명 있긴 하지 않습니까?"

"그게 누구입니까?"

"제가 조사한 바로는 나이가 좀 많기는 해도 한 선수가 있는 것으로 기억합니다. 이름이 맥 콜린스던가요?"

순간 닉이 무릎을 친다.

"옳거니! 녀석이라면 충분히 우리 팀의 머신에 탑승할 수 있을 거야!"

"그래요. 그라면 가능할 것 같습니다. 그 역시 비행기 탑승 교관으로 일했을 정도로 중력에 잘 적응한 사람이니까요."

"하지만 한 가지 문제가 있어."

급격히 어두운 표정을 지은 닉에게 화수가 물었다.

"심각한 문제입니까?"

"나름대론 아주 심각한 문제야. 아마도 녀석은 스스로 머신을 몰 수 없다고 생각할 거야."

"무슨 이유라도 있습니까?"

"한 4년 전이던가? 다른 팀이긴 하지만 레이싱 동료인 잭키를 죽일 뻔했거든."

"허, 허어……."

"아마 백번 양보해서 녀석이 콕핏에 앉는다고 해도 잭키가 달리지 않으려고 할 거야. 자신을 죽이려 한 사람과 한 팀이 된다는 것만큼 끔찍한 일은 없을 테니까."

"그런 사연이……."

베네노아는 체념하려는 화수를 다독였다.

"지금은 지푸라기라도 잡는 심정으로 할 수 있는 것은 다 해봐야 합니다. 그 사람을 데리고 오시지요."

"흐음."

"어차피 두 사람 모두 이번이 마지막 기회라고 여기고 있을 테니 잘 설득하면 제안을 받아들일지도 모르지 않습니까?"

이 사안에 대해 심사숙고하던 화수는 이내 고개를 끄덕였다.

"좋습니다. 두 사람 모두 설득해 봅시다."

"알겠습니다. 지금 당장 그를 수소문해 보겠습니다."

즉시 자리를 뜨려는 그를 닉이 만류했다.

"아니, 아닐세. 내가 다녀옴세."

"어르신께서 직접이요?"

"녀석의 거처는 내가 알고 있어. 마지막으로 칩거한다고 들었을 때 놈의 집에서 술을 마셨거든. 아마 딸과 함께 아직도 그곳에서 살고 있을 거야."

"알겠습니다. 그럼 그의 섭외는 어르신께서 맡아주시지요."

"잘될지는 모르겠지만 우선 자네는 잭키를 설득해 줘."

"그렇게 하겠습니다."

두 사람은 갈라져 자신이 맡은 길로 향했다.

*　　　*　　　*

미국 캘리포니아 주에 속한 도시 샌프란시스코에서 남쪽으로 약 40km 정도 남하하다 보면 샌 마테오 카운티가 나온다.

이곳 샌 마테오 카운티에 위치한 작은 해안도시 하프문베이는 아주 고즈넉하고 소소한 풍경의 어촌이다.

특산물은 호박으로 매년 할로윈 데이에 아트 펌킨 축제가 열리기도 한다.

그런 하프문베이 어시장 한가운데 전 F1그랑프리 챔피언 맥 콜린스가 거주하고 있었다.

그는 F1에서 대형 사고를 일으킨 충격으로 공식 은퇴를 선언하고 고향인 뉴욕으로 돌아가 사업을 시작했다.

하지만 그는 평생을 F1에 바쳐온 드라이버로 사회 경험이 그렇게 많지가 않았다.

그 때문이었을까?

그는 사업 시작 1년 만에 모든 것을 잃고 처가인 하프문베이로 낙향했다.

이곳 하프문베이에서 장인과 함께 조업을 하다 지금은 다 큰 처남들을 건사하며 지냈다.

지금은 장인과 장모가 모두 별세하고 그가 실질적인 가장 노릇을 하고 있다고 해도 과언이 아니다.

할 수 있는 것이라곤 운전뿐이었던 그가 고기잡이로 잔뼈가 굵어갔다.

오후 세 시, 하프문베이 먼 바다에서부터 맥 콜린스의 어선이 회항했다.

쏴아아아아!

닉은 그런 그의 배를 바라보며 아메리카노를 마시고 있었다.

"조금 쓰군."

아메리카노는 에스프레소에 물을 탄 것이지만 제대로 뽑아내면 커피 특유의 고소함을 느낄 수 있다.

아마도 그가 마시고 있는 이 커피는 비율을 잘못 맞췄든지 아니면 커피가 조금 탄 것인지도 모른다.

일이야 어찌 되었든 그는 베이글에 커피로 늦은 점심을 때우는 전형적인 미국인이다.

제값을 하며 살아갈 기회를 얻은 그에게는 이 딱딱하고 쓴 점심조차 감사할 따름이다.

이윽고 맥의 어선이 항구에 정박했다.

"닻을 내리자."

"네, 매형."

네 명의 처남 모두 어선에 매달리고 있지만 그들도 이제 슬슬 분가를 준비해야 할 나이로 보였다.

만약 재력이 된다면 그들에게 배를 한 척씩 사주든지 다른 사업을 펼칠 수 있도록 지원을 해주는 편이 나을 것이다.

닉은 어선에서 오늘의 어획량을 수레에 싣고 어시장으로 향하는 맥에게 다가갔다.

"어이, 맥."

맥은 너무나도 뜻밖의 손님이라 말문이 막힌 듯 그 자리에 멈추어 섰다.

"어, 어어?"

"이제는 뒷방 늙은이라고 인사도 해주지 않는 건가?"

"그, 그런 것이 아니라……."

"많이 바쁘지 않다면 나와 얘기를 좀 나눌 수 되겠나?"

맥은 어색한 미소를 지었다.

"제가 지금 조금 바빠서 말입니다."

"그럼 여기서 기다리겠네."

"조금 오래 걸릴 수도 있습니다만?"

"으음, 그렇다면 자네를 따라가도록 하지."

"아……."

"가지."

닉이 어시장을 향해 뚜벅뚜벅 걸어가자 맥의 처남들이 고개를 갸웃거렸다.

"누구예요?"

"옛 동료의 보스라고나 할까?"

"그게 뭐예요?"

"관계가 좀 복잡해."

이젠 칠순 노인이 된 닉을 바라보는 맥의 눈에 복잡한 심경이 어렸다.

*   *   *

어시장에서 물고기를 모두 다 팔고 나니 130달러가 조금 넘었다.

지폐 열세 장을 손에 쥔 맥은 깊은 한숨을 내쉬었다.

"후우!"

"괜찮아요. 다음에는 더 많이 잡을 수 있겠지요."

그는 자신을 위로하는 처남들을 바라보며 씁쓸한 미소를 지었다.

"미안해. 장인어른의 빈자리를 채우기엔 나는 너무 모자라나 봐."

"아니요. 무슨 그런 소리를 하세요? 어차피 우리 집에서 운영하는 빵집도 있고 어선도 아직 쌩쌩하잖아요. 당장 먹고사는 데 지장 없으면 됐죠."

"후후, 고마워."

오늘로 무려 일주일째 100달러가 조금 넘는 소득을 올렸다.

혼자서 조업한다면 몰라도 다섯 명이나 되는 청년이 달라붙어 고기를 잡는데 100달러로는 도저히 수지가 맞지 않았다.

게다가 그가 모는 어선의 크기는 이 근방에서 열 손가락 안에 들 정도로 크다.

이런 큰 어선에 고작 물고기가 100달러어치밖에 안 잡힌다는 것은 최악의 흉어라는 소리다.

주변에서는 그의 조업에 대해 상당히 큰 우려의 목소리를 내고 있었으며, 이제 곧 배를 매각할 것이라는 소문이 나돌 정도였다.

하지만 그의 처남들은 쪼들리는 지금의 삶으로도 만족했다.

그들은 잠자는 시간까지 쪼개가면서 일했고, 언젠가는 매형이 제대로 된 선장 역할을 할 수 있을 것이라고 굳게 믿고 있었다.

그런 기대가 고맙기도 하지만 마치 자신의 어깨를 마구 짓누르는 것 같아 부담이 되는 맥이다.

처남들이 그에게 인근에 있는 커피전문점의 쿠폰을 건넨다.

"열 잔에 한 잔이 공짜라네요. 세나가 모아온 거예요. 저 할아버지와 커피나 한잔하고 오세요. 술은 못 마셔줘도 커피는 한 잔 마실 수 있지 않아요?"

"으음."

"아버지가 살아 계셨다면 당연히 노인을 이렇게 대접하지 말라고 했을 겁니다. 어서 가세요."

그는 속 깊은 처남들의 손에 떠밀려 닉이 앉아 있는 벤치로 다가갔다.

닉은 멀리서부터 그들의 실랑이를 바라보고 있었다.

"의가 참 좋군."

"원래 강단이 있는 청년들입니다. 지금은 제가 어설픈 장남 역할을 하고 있지만 사실은 제가 저들을 따라가고 있는 실정이지요."

"그래도 저들은 자네를 캡틴으로 생각하고 있지 않나?"

"……"

"책임감이란 그렇게 자꾸 어깨를 짓누르게 되는 법이지."

맥은 주머니에서 담배를 한 개비를 꺼내 물었다.

치익.

"후우! 저를 찾아온 이유가 뭡니까? 뒷방 늙은이는 아니더라도 이미 그 근처에 갔을 저인데 말이죠."

"같은 처지에 자네를 좀 돕고 싶어서 말이야. 아니지. 나를 자네가 돕는다고 해야 맞나?"

"그게 무슨 말씀이십니까?"

"자네, 다시 F1에 복귀할 생각 없나?"

맥이 실소를 흘렸다.

"홋, 무슨 말씀을 하시는 겁니까? 그 세계에 이미 제가 설 자리는 없습니다. 잘 아시면서 그러는군요."

"아니, 자리가 있어. 내가 팀의 디렉터로 있거든."

순간, 그의 고개가 좌로 살짝 꺾인다.

"그게 무슨……?"

"자네 요즘 TV나 공중 매체를 잘 접하지 않는 모양이군."

닉은 주머니에서 스마트폰을 꺼내어 자신의 이름을 검색했다.

그러자 인터넷 매체에서 내보낸 기사에 닉의 이름이 몇 개 보였다.

[전설의 팀 디렉터 닉 라이언, 복귀하다.]

[일흔의 노익장, 과연 통할 것인가?]

맥은 닉의 복귀에 대해 아주 기뻐했다.

"잘되셨군요. 이제 못다 이루신 그랜드슬램을 이루셔야지요."

"나도 그러고 싶은데 선수가 없어."

"으음……."

"그래서 자네를 찾아온 것이라네. 자네가 내 팀의 선수로 뛰어주어야겠어."

맥는 고개를 가로저었다.

"저는 이미 은퇴했습니다. 다시 복귀하는 데 걸림돌이 많아요."

"허들은 넘으라고 있는 것일세. 돌아가라고 있는 것이 아니고."

"하지만 다리를 다친 선수가 넘을 수 있는 허들은 없습니다."

닉은 맥의 어깨를 잡았다.

턱!

"할 수 있다고 믿게. 그럼 할 수 있어. 나 역시 다리 한쪽이 잘린 선수와 같았지. 하지만 나는 스스로 의족을 차고 달리겠다고 마음먹었네. 그리고 지금 실제로 그렇게 외줄타기와 같은 생활을 하고 있지."

닉은 그에게 자신의 건강진단서를 내밀었다.

환자명 : 닉 라이언.
병명 : 뇌종양 4기.

순간, 맥이 고개를 쳐든다.

"이, 이건……!"

"늙어서 쓸쓸하게 뇌종양으로 죽을 위기에 놓여 있지. 하지만 나는 남은 생을 포기하겠다고 생각한 적 없어. 아무도 찾아오지 않는 요양원에서 의미 없이 죽느니 나다운 삶을 살다가 죽겠다고 다짐했지."

맥은 그의 건강진단서를 부여잡고는 깊은 한숨을 내쉬었다.

"후우!"

"후후, 하지만 걱정하지 말게. 죽어도 트랙에서 죽을 정신력은 충분히 있으니."

"…진통은요?"

"이따금 기절하는 정도? 하지만 기절했을 때 게거품을 물어서 조금 흉하다고 하더군."

"그런 몸으로 어떻게 경기를……."

"나의 심장을 뛰게 만드는 것은 오로지 열정일세. 내가 서서히 죽어가고 있을 때 한 청년이 찾아왔지. 그리곤 죽어가던 심장을 다시 뛰게 만들어주었어."

칠순 노인의 열정은 불혹을 훌쩍 넘긴 맥의 마음을 움직이게 했다.

"제 나이가 이제 40대 중반입니다. 그래도……."

"가능하네. 자네의 의지만 있다면 말이지."

그는 맥에게 계약서를 건넸다.

"자네가 입단하여 한 해 선수로 뛴다는 내용의 계약서일세. 한번 읽어보게."

맥이 받은 계약서에는 그의 남은 빚을 모두 탕감해 주고 예전의 연봉 삼분의 이를 지급하겠다는 내용이 명시되어 있었다.

"이, 이건……."

"내가 자네의 사정을 전해 듣고 특별히 넣은 특약들이야. 잘하면 내년 시즌에도 경기를 뛸 수 있을 걸세. 그렇게 되면 처남들을 분가시키고 딸아이 대학까지 보낼 수 있겠지."

그는 쓸쓸한 미소를 지었다.

"저 같은 퇴물이 뭘 할 수 있다고……."

"할 수 있어. 브레멘 음악대가 그랬던 것처럼 말이야."

닉은 그에게 팀 브레멘의 모자를 건넸다.

"자네의 것일세. 꼭 돌아와 주리라 믿네."

이윽고 닉은 자리를 떠났고, 맥은 한참 동안 그의 뒷모습을 바라보고 있었다.

*　　　*　　　*

늦은 저녁, 맥의 가족들이 한자리에 모여 식사 준비를 했다.

"여기 빵 가지고 왔어요."

"에일리, 수프 좀 더 가지고 오렴."

"네."

맥의 처남들은 모두 아내를 맞이했고, 다 함께 맥의 집에서 살고 있다.

장인이 남긴 유산은 배 한 척이 전부였고, 그의 생가는 장례식 비용과 어머니의 병원비로 소비해 버렸다.

그래서 지금은 2층집에 다섯 가정이 모여 생활했다.

"으아아앙!"

"에밀리, 샤론 좀 돌봐주렴."

"네, 알겠어요."

맥의 딸인 에일리와 에밀리는 숙모들의 아들과 딸들을 공동으로 돌보며 학창 시절을 보내고 있었다.

그 때문에 공부할 시간이 줄어들었지만 그녀들은 학교에서 성적 톱을 달렸다.

네 명의 처남은 임업 아르바이트를 하거나 빵집에서 함께 일하며 가사에 돈을 보탰다.

그의 아내들 역시 빵집을 운영하며 눈코 뜰 새 없이 바쁜 나날을 보냈다.

맥은 이 엄청난 대가족의 가장으로서 매일 밤잠을 설쳤다.

총 22명의 가족이 둘러앉아 빵을 떼고 수프를 나누어 담았다.

"자, 먹자꾸나."

"잘 먹겠습니다!"

가족들이 모두 모여 식사할 때엔 정신이 하나도 없지만 이 시간이 가족들에겐 가장 행복한 시간이었다.

"매형, 이번에 윗집 제임슨 씨 댁에서 자동차 수리를 맡기고 싶다고 하셨어요."

"몇 대나?"

"총 넉 대라고 하던데요? 페이는 섭섭지 않게 챙겨주신대요."

"으음, 그럼 하지, 뭐."

"그럼 한다고 전할게요."

"그래."

맥이 쓸쓸한 미소를 띠며 처남을 바라보자 그의 아내가 맥의 표정을 살피며 물었다.

"무슨 일 있으세요? 얼굴이 좋지 않으신데요?"

"그러고 보니 아까부터 줄곧 그러시네요. 어디 안 좋으세요?"

"매형, 어디 아파요?"

한번 아프다고 말했다간 스물한 명의 식구가 모두 달려들어 잘못하면 없던 병도 생길 판이다.

맥은 고개를 가로저었다.

"아프긴, 그렇지 않아. 그냥 오늘 점심에 만난 그 노인네 때문에 그래."

"아하, 그 칠순 노인이요?"

"응. 그 노인이 찾아와서……."

처남들은 그를 걱정하느라 식사를 할 생각도 하지 않았다.

"무슨 걱정인지는 몰라도 잘 풀렸으면 좋겠네요."

"고마워."

처음 맥이 이 집안에 사위로 들어왔을 때엔 아직 처남들이 어렸다.

사실 그는 처남들을 한 번도 친동생이라고 생각한 적이 없었다.

적어도 가장이 되기 전까지는 말이다.

'이게 진짜 가족이구나.'

그는 빈털터리가 되고 나서야 그들이 지금까지 줄곧 진짜 형제들이었음을 깨달았다.

맥은 결연히 의지를 다졌다.

'그래, 자네들을 위해서라도 내가 다시 한 번 일어서야 해.'

이제 그는 두 명의 딸과 아내 말고도 책임져야 할 가족이 무려 열여덟 명이나 더 있었다.

대가족의 가장으로서 그는 내일부터 남은 인생을 다시 불사를 것이다.

*　　　*　　　*

이른 새벽, 맥은 일어나 홀로 짐을 챙겼다.

아내는 이미 제과점 문을 열기 위해 나갔기 때문에 방에 남은 사람은 맥 한 사람뿐이다.

하지만 불현듯 방문이 열리며 키가 작은 꼬마 아이가 걸어들어왔다.

"아빠바바바?"

"샤넌?"

"아버버버버?"

샤넌은 둘째 처남의 딸로 이제 막 걸음마를 떼고 옹알이를 시작했다.

아마도 잠에 빠져든 엄마, 아빠 몰래 이 방으로 걸어온 모양이다.

"혼자 다니면 위험해."

"어버버?"

맥은 샤넌의 똘망똘망한 눈을 바라보며 말했다.

"삼촌이 돈 많이 벌어올게."

"어버버!"

그는 샤넌을 안아서 둘째 처남의 방에 데려다 놓고 집을 나섰다.

그런 그에게 큰딸이 달려 나와 배웅했다.

"아빠, 꼭 우승해!"

"그래, 꼭 우승해서 돌아올게!"

"하지만 다치면 안 되는 거 알지?"

"물론이지!"

어깨에 묵직한 돌을 올려놓은 듯한 그의 행보가 시작되었다.

*　　　*　　　*

미국과는 시차가 열 시간 넘게 나는 한국.

화수는 잭키와 소주를 마시고 있었다.

치이이익.

곱창구이는 잭키가 가장 좋아하는 안주이고, 소주에 일대일 비율로 맥주를 타 코가 비뚤어질 때까지 마신다.

잭키가 화수에게 불만을 토로했다.

"그 자식은 살인자란 말입니다! 칼만 안 들었지 아주 악질이에요!"

"그래도 사람의 재능이 아깝지 않습니까? 그 사람의 죄를 보지 말고 재능을 보십시오. 죄는 미워해도 사람은 미워하지 말라는 말이 있지 않습니까?"

"후우!"

잭키는 지금 이 상황에서 그보다 더 나은 파츠를 구할 수 없다는 사실을 너무나도 잘 알고 있었다.

그렇기 때문에 이렇게 한탄할 수밖에 없는 것이다.

"제가 이렇게 부탁드리겠습니다. 딱 한 번만 눈감고 경기를 뛰어주시지요."

깊은 고민에 빠져 있던 그는 이내 술잔을 비우며 말했다.

꿀꺽!

"크흐! 좋습니다. 그럼 딱 한 번뿐입니다. 그 이상은 절대 안 됩니다."

"알겠습니다. 그럼 수락하신 겁니다?"

"그럼 뭐 어쩌겠습니까? 사장님께서 그렇게까지 말씀하시는데."

"감사합니다. 어려운 결정하셨습니다."

"별말씀을요."

화수는 그와 함께 밤이 새도록 술을 마셨다.

*　　　*　　　*

한국으로 입국한 맥은 팀 브레멘과 정식 계약을 맺고 팀의 두 번째 머신인 나이트(Night)를 배정받았다.

나이트는 전체적인 스펙은 웨지와 비슷했지만 안전성을 높이고 최대 출력과 최대 속력이 조금 뒤처지는 특이점이 있었다.

곡선이나 급커브에선 웨지와 비교를 할 수 없을 정도로 안정적인 코너링을 내는 것이 특징이다.

직선의 웨지냐, 곡선의 나이트냐, 이 두 머신의 우위를 따지자면 동등하다고 할 수 있다.

어차피 머신의 작은 이점과 단점들을 가지고 있기 때문이다.

3년 만의 첫 만남, 잭키와 맥 사이에는 싸늘함과 어색함이 공존했다.

"오랜만이군."

"꿈에 나올까 봐 무섭던 얼굴이 결국엔 나타났군."

"아직도 내가 미운가?"

"미워? 지금 네 주둥이에서 미움이라는 소리가 나오나?"

"……."

화수는 날이 바짝 선 잭키를 만류했다.

"어찌 되었든 좋은 날 아닙니까? 웃으면서 훈련에 임하시지요."

"후우, 이것 참……."

오늘은 공식적인 첫 훈련이 있는 날이다.

그동안 바쁘게 살아온 맥이지만 그의 신체 능력은 크게 떨어지지 않은 편이었다.

피트크루는 그의 드라이빙 실력에 기대를 걸어보고 있는 중이다.

"오늘은 두 선수가 따로 달려 기록을 재겠습니다. 괜찮으시죠?"

"물론입니다."

"특히나 맥 콜린스 선수의 경우엔 머신에 처음 적응하는 것이기 때문에 다소 훈련이 필요할 것으로 보입니다. 그러니 기록에 연연해하지 맙시다. 아시겠죠?"

"알겠습니다."

이윽고 팀의 피트 케러지에서 웨지와 나이트가 각각 그 모습을 드러냈다.

웨지에는 이미 잭키의 땀 냄새가 진하게 배어 있었다.

잭키는 웨지의 콕핏에 몸을 집어넣으며 말했다.

"함께 달리지 않도록 배려해 주신 것은 아주 감사하게 생각합니다. 저 사람과 함께 달릴 생각을 하면 아주 피가 거꾸로 솟거든요."

"……."

이윽고 웨지에 시동이 걸리며 그가 트랙으로 나섰다.

부아아아아앙!

재빨리 스타팅 포인트에 선 그에게 피트크루의 팀 라디오가 전송됐다.

─셋을 세면 출발하는 것으로 하겠습니다. 하나, 둘, 셋!

최대로 출력을 높인 차가 앞으로 쏘아져 나갔다.

끼이이이이익, 부아아아앙!

바퀴와 바닥이 마찰을 일으키면서 생기는 회색 연기가 자욱하게 피어났다.

이 시점부터 시계의 초침이 흘러가지만 그것을 바라보는 맥은 마치 시간이 멈춘 것 같았다.

'아아! 그래, 내가 있어야 할 곳은 바로 여기였어!'

그는 가정을 건사하느라 레이싱은 전혀 생각지도 못하고 있었지만 가슴속 깊은 곳에는 아직도 머신과 트랙을 그리워하고 있었던 것이다.

부아앙, 쐐에에에엥!

마치 총알이 튀어나가듯 부스터가 발동되었고, 맥의 눈은 점점 더 커져갔다.

"이, 이것이 바로……."

"복사열 충전식 부스터입니다. 한시적으로 엔진의 최대 토크를 올려주지요. 무리하게 사용하면 엔진이 폭발할 수 있어 횟수 제한을 둔 것이지요."

화수의 설명을 들으며 웨지의 마지막 랩타임을 바라본 그는 흠칫 놀랐다.

[Lap time : 3분 1.45초]

예상 랩타임에서 무려 1초를 줄여낸 것은 그의 엄청난 노력 덕분이다.

그것을 차트로 살펴보고 있는 맥은 그저 대단하다는 말밖에 할 수 있는 말이 없었다.

'역시 물건이군.'

이윽고 웨지가 피트인하고 난 후 맥의 차례가 왔다.

머신에서 내린 잭키는 비웃음 섞인 투로 말했다.

"훗, 집중하라고. 잘못해서 비싼 머신 부숴먹지 말고."

"······."

부아아앙!

대답 대신 차를 출발시킨 그는 곧장 트랙으로 향했다.

*   *   *

출발선에 선 맥을 바라보는 팀원들은 기대 반 걱정 반의 심정으로 모니터를 바라보았다.

"다운포스에 기절하지 않을까요?"

"이미 기본적인 테스트는 모두 끝냈습니다. 최소한 다운포스로 기절하지는 않을 겁니다."

이윽고 화수가 팀 라디오로 출발 신호를 보냈다.

"하나, 둘, 셋! 출발!"

끼이이익, 부아아앙!

그는 엄청난 부담감을 안고 차를 몰기 시작했다.

하지만 이내 그는 잘 나가던 차를 멈추어 세우고 콕핏에서 나왔다.

"어라? 왜 저러는 것이지?"

잭키는 그럴 줄 알았다는 듯이 답했다.

"무서운 거지요. 다시 머신에 오른 자신이 무슨 사고를 낼지 모르는 겁니다."

화수는 그에게 다시 한 번 라디오를 송출시킨다.

"맥?"

―네.

"할 수 있습니다. 댁에 계신 가족들을 생각하세요."

―후우!

"당신만 바라보고 있는 가족들을 생각하란 말입니다."

화수의 일침에 그가 다시 콕핏으로 들어갔다. 그리곤 곧장 차를 몰기 시작했다.

부아아아아아앙!

엄청난 속도로 머신을 출발시킨 그는 첫 번째 코너에서 아주 부드럽게 머신을 꺾어냈다.

끼익, 부우웅!

"출발이 좋군요."

화수는 모니터로 그의 물 흐르는 듯한 컨트롤을 바라보며 감탄사를 연발했다.

잠시 후, 그는 주변을 경악으로 물들게 할 만한 퍼포먼스를 보여주었다.

그는 급격하게 꺾어지는 커브, 부스터와 마법 바람 코너링 시스템을 섞은 코너링을 선보였다.

끼익, 부웅, 끼익, 부웅!

"허, 허억!"

그는 차를 띄워 코너링을 하는 것이 아니라 바람의 저항을 일으켜 차체를 옆으로 돌리고 그 저항을 이용해 다시 차를 꺾어 코너링을 완성한 후 짧은 부스터로 가속도를 붙였다.

이런 콤비네이션을 넣고 나니 그의 불안정한 가속도를 충분히 커버할 수 있었다.

마지막 랩타임을 잰 화수는 두 손을 번쩍 들어 올렸다.

[Lap time : 3분 4.55초]

"오오! 이런 쾌거가!"

처음 잭키의 기록이 3분 6초대에 머물던 것을 생각하면 그야말로 엄청난 기록이라고 할 수 있었다.

하지만 피트 안으로 들어오고 난 후 맥은 그 자리에서 실신해 버렸다.

"아아……!"

"이봐요!"

잭키는 주변에 있던 이온음료를 그의 얼굴이 들이부었다.

좌락!

"크헉!"

"이런 멍청한 작자 같으니! 블랙아웃 상태로 차를 몬 거야?!"

"서, 설마 그런 것이 가능하리라곤……."

"코스를 외운 겁니다. 기절한 상태에서 그저 감만으로 차를 몬 것이지요."

"허, 허어!"

맥은 블랙아웃에서 깨어나 슬그머니 미소를 지었다.

"기록이 나쁘지는 않았지요?"

화수는 씁쓸한 미소로 답했다.

3장

영웅과 영웅의
과거 청산

　두 선수의 오전 훈련은 영암의 맑고 신선한 공기를 맞이하
며 시작되었다.

　"훅훅!"

　전속 트레이너의 지도 아래 이뤄지는 로드워크는 간단히
몸을 풀기 위한 단계에 불과했다.

　하지만 이제 불혹을 훌쩍 넘긴 맥은 이마저도 힘에 부쳐 했
다.

　"허억, 허억!"

　"포기하면 편합니다. 포기하시겠습니까?"

"아, 아니요! 절대 포기 안 합니다! 갑시다!"

"명심할 것은 아무도 도와주지 않는다는 겁니다. 스스로의 의지로 이뤄내세요."

"네!"

잭키는 자신의 복귀에 대한 열망과 F1의 열정으로 이 모든 훈련을 이겨냈지만 그에 따른 고통은 엄청났다.

맥 역시 이 모든 훈련을 소화해 내는 과정이 결코 순탄치만은 않았다.

훈련 초반임에도 불구하고 벌써 목에서 피 냄새가 올라오고 다리가 풀리고 있었다.

물론 이는 잭키보다는 훨씬 수월한 편이긴 했지만 그 나름대로는 인내심의 한계를 시험하고 있는 셈이다.

이제 곧 마지막 고지를 눈앞에 둔 상황, 트레이너는 조금 더 스퍼트를 올렸다.

"뛰어요! 할 수 있습니다!"

"후욱, 후욱!"

"으아아아악!"

소리를 내지르며 고지에 도착한 맥은 그대로 자리에 쭉 뻗어버렸다.

"허억, 허억!"

트레이너는 맥에게 마나 드링크를 건넸지만 잭키는 그에

게 걸쭉한 욕설을 내뱉었다.

"축 늘어진 노인네 같으니. 그런 몸으로 무슨 그랑프리에 나가겠다는 거야? 하긴 어부라고 했지? 이 비린내 나는 자식."

순간, 맥이 자리에서 벌떡 일어나 잭키에게 말했다.

"난 나름대로 내 자리에서 열심히 살아왔다. 그러니 어부를 욕하지는 말아다오."

"뭐?"

"그리고 어부는 내 장인어른이 생전에 나에게 남기신 유품이나 마찬가지다. 그분은 내게 아버지야. 욕되게 하지 마라."

"흥! 그래 봐야 살인자의 아버지 아니야!"

"뭐, 뭐라고?!"

"어쭈? 한 대 치려고?! 그래, 덤벼!"

"그런데 이 새끼가!"

퍼억!

먼저 맥이 잭키의 안면을 주먹으로 냅다 후려 갈겼고, 잭키는 그것을 슬쩍 흘린 후에 곧장 카운터펀치를 날렸다.

부웅!

하지만 힘이 쭉 빠진 상태에서도 맥은 순순히 당해주지 않았다.

소싯적엔 복싱선수로 활약한 적이 있는 맥이기에 그의 펀치를 가볍게 피해낸 후 곧바로 다시 주먹을 날렸다.

슈욱!

"허, 허억!"

그의 주먹이 잭키의 안면이 닿을 때 즈음, 멀리서 상황을 지켜보고 있던 화수가 달려와 주먹을 잡아챘다.

잘못하면 안면에 큰 상처를 입을 수도 있는 순간이었다.

"지금 뭣들 하시는 겁니까?!"

"그, 그게……."

"얼굴에 상처를 입으면 어떤 일이 일어날지 뻔히 알면서……!"

"죄, 죄송합니다."

"두 사람 모두 훈련하기 싫은 겁니까?!"

"아, 아닙니다."

중력 8G 상태에서 훈련을 받자면 안면에 상처를 입어서는 안 된다.

안 그래도 혈류가 머리 위로 쏠렸다 빠져나가는 상황에 상처까지 나면 아주 큰 사고로 이어질 수도 있기 때문이다.

"두 사람 모두 싸움은 금지입니다! 알겠어요?!"

"네……."

화수는 씩씩거리며 돌아섰고, 두 사람은 여전히 서로를 바라보며 으르렁거렸다.

"다시 한 번 그딴 소리 지껄여 봐라. 아주 이빨을 다 아작

내줄 테니."

"흥! 노땅이 배짱 한번 좋군!"

트레이너는 그런 그들을 바라보며 고개를 가로저었다.

"무슨 애들도 아니고……."

그는 두 사람을 데리고 다음 훈련장으로 향했다.

＊　　　＊　　　＊

팀의 전속 코치인 제임스 스코필드는 더 이상 두 사람이 싸울 생각이 들지 않도록 아주 극악무도하게 몰아붙였다.

평소 훈련의 사분의 일가량을 증강시킨 그는 혀에 백태가 낄 때까지 그들을 굴렸다.

"시간이 지체됩니다! 이래선 몸에 젖산만 비축하는 꼴입니다! 달리세요!"

케틀 벨을 양손에 쥐고 달리다가 런지 자세로 되돌아오는 훈련이 계속됨에 따라 두 사람은 기진맥진하여 현기증을 느꼈다.

"허억, 허억!"

"달려요!"

하지만 제임스는 끝까지 두 사람을 몰아붙였고, 결국 목표 지점까지 끌고 왔다.

"자, 마셔요."

"허억, 허억!"

그들에게 지급된 것은 마나 드링크 한 모금으로 제임스는 더 이상의 수분 섭취를 제한했다.

"그만 마셔요."

"왜, 왜 이러는 겁니까?!"

"지금 물을 주면 다시 또 싸울 것 아닙니까?"

"아, 아닙니다! 절대 그런 일 없어요!"

목이 말라 죽겠다는 잭키와는 다르게 맥은 고개를 가로저었다.

"그래요. 난 물을 마시지 않겠어요."

"뭐, 뭐라고?!"

"저 자식이 또 아버지 욕을 할지도 모르는데 어떻게 참습니까?"

"진심입니까?"

"제가 죽는 한이 있어도 그건 싫어요."

"저, 저런 미친 자식을 보았나?"

제임스는 두 사람에게서 물병을 빼앗아 다시 아이스박스 안에 집어넣었다.

"좋아요. 그런 독기 어린 자세, 좋습니다."

"에, 에엥?! 물을 마시지 않겠다고 한 놈은 이놈입니다! 그러니……."

"팀은 연합체입니다. 책임도 연대로 집니다. 그럼 시작합
시다."

"저, 저런 개새끼!"

끝내 참지 못하고 잭키가 맥을 향해 달려들었다. 그러자 제
임스가 그의 허리를 잡아 바닥에 내팽개쳤다.

퍼억!

"크윽!"

"지금 뭐 하는 겁니까?! 둘 다 어른스럽지 못합니다!"

"……."

"좋습니다. 제 인내심의 한계가 그렇게 궁금하다면 알려드
리지요. 지금부터 두 사람의 식사량을 절반으로 줄이고 수분
섭취량도 줄이겠습니다. 그럼 되겠지요?"

"그, 그런……!"

"그래도 안 죽습니다. 사장님의 특제 드링크는 아사 직전
의 사람도 되살리는 물이라고 하더군요. 그러니 굶어도 죽지
는 않을 겁니다. 다만 엄청나게 배가 고프겠지요."

맥은 가만히 눈을 감았고, 잭키는 이를 바득바득 갈며 그를
바라보았다.

"죽일 거다."

"마음대로."

두 사람의 사서 고생은 이제부터 시작이었다.

*   *   *

옛말에 온순한 소를 잘못 건드리면 호랑이보다 무섭다고 했던가?

제임스의 혹독한 훈련 방식은 천하의 화수조차 혀를 내두르게 할 정도였다.

그는 하루에 총 다섯 시간의 훈련을 시키면서도 한 끼에 닭 가슴살 하나, 달걀 하나로 식사를 제한했다.

그나마 간식으로 먹을 수 있는 오이와 당근 하나가 그들의 유일한 사치였다.

이대로는 도저히 안 되겠다 싶었는지 잭키가 먼저 맥에게 화해를 시도했다.

일과를 모두 마치고 난 후 그는 캔맥주를 들고 맥의 숙소를 찾았다.

"이게 뭐지?"

"잔말 말고 마셔. 해갈에는 맥주가 최고야."

"코치가 알면 우리 둘 다 죽이려 들 텐데?"

"싫으면 말고."

"아니. 싫다고는 하지 않았어."

두 사람은 캔맥주를 한 모금씩 나누어 마시며 오늘 하루의 갈증을 풀었다.

"크하!"

"오오, 이런 사소한 행복을 지금에서야 느끼다니. 이제까지 내가 살아온 삶은 파라다이스였구나."

어느새 비워진 맥주. 잭키가 먼저 그에게 사과를 건넸다.

"험험, 미안해."

"뭐가?"

"처음부터 아버지를 욕할 생각은 없었다. 그냥 감정이 격해져서 나도 모르게 튀어나왔을 뿐이야."

"…진심인가?"

"물론. 나도 그렇게까지 쓰레기는 아니다. 네가 미울 뿐이지 네 아버지가 미운 것은 아니니까."

"장인어른이다."

"장인어른도 아버지라고 하지 않던가. 나는 그렇게 알고 있어."

그제야 맥의 표정이 조금 누그러졌다.

"나 역시 사과하지. 내가 너무 과했어."

"쳇, 엎드려 절 받기군."

어느새 한 캔을 다 비워 버린 두 사람은 하염없이 창밖을 바라보고 있었다.

그러다 불현듯 맥이 물었다.

"그나저나 네 가정은 어떻게 된 거냐? 딸이 있다고 들었는데."

"…알 필요 없어."

"혹시나 내가 도와줄 일이 있다면…….."

순간, 그가 자리를 박차고 일어섰다.

"그만! 네가 도대체 뭘 안다고 오지랖을 떠는 거야?!"

"그, 그게 아니고…….."

"닥쳐! 이 살인자 자식아!"

이윽고 그는 방문을 쾅 소리가 날 정도로 거세게 닫고 나가버렸다.

맥은 그런 그를 바라보며 고개를 가로저었다.

"안타깝군. 속까지 완전히 꼬였어."

그는 호숫가에 비친 달빛을 바라보며 읊조렸다.

"저렇게는 안 될 텐데…….."

*   *   *

다음 날, 똑같은 트레이닝을 받은 두 사람은 각자의 머신을 타고 모의 레이싱을 펼치게 되었다.

부아아아아앙!

직선으로 뻗은 도로를 활주하며 각축을 벌이던 두 사람의 머신이 커브에 접어들며 그 승부가 갈렸다.

끼이익, 부아앙! 끼이익, 부아앙!

연달아 터지는 맥의 콤비네이션에 잭키의 머신이 뒤처져 트랙을 달렸다.

적당히 부스터를 아끼며 달려온 그는 마지막 랩을 도는 순간까지도 집중력을 놓지 않았다.

하지만 뒤처지는 것을 걱정하느라 무분별하게 부스터를 남발한 잭키의 머신에서 연기가 피어올랐다.

끼이이긱!

화수는 다급하게 그에게 제동할 것을 지시했다.

"당장 멈춰요! 엔진이 폭발하더라도 머신은 완파되지 않지만 사람이 다칠 수도 있어요!"

─제기랄!

결국 머신을 멈추어 세운 잭키가 트랙 밖으로 나와 팀 라디오 대고 외쳤다.

"이런 개자식아! 남의 딸 얘기를 해놓고 넌 천하태평이구나!"

화수가 팀원들을 바라보며 물었다.

"저건 또 무슨 얘기입니까?"

일동은 어깨를 으쓱거릴 뿐이다.

닉은 그의 행동을 바라보며 당연하다는 듯이 말했다.

"저 나름대로 풀어야 할 빚이 있는 거겠지."

"빚이요?"

"내버려 두게. 알아서 좋아질 테니."

걱정이 산더미 같은 화수지만 일단 그들이 어떻게 행동하는지 두고 보기로 했다. 이윽고 잭키가 서 있는 곳으로 달려온 맥에게 그가 헬멧을 집어 던졌다.

퍼억!

"너 오늘 아주 죽었어!"

"그만! 그만하지?"

"시끄럽다! 이 살인자 새끼야!"

퍽퍽퍽!

맥은 잭키가 날리는 주먹을 가만히 맞고만 있었다.

화수는 그 모습을 바라보며 고개를 갸웃거렸다.

"권투선수였다고 들었습니다만?"

"일부러 맞아주는 것이겠지. 아마도 이제 곧 일격을 날려서 상황을 정리할 거야."

바로 그때였다.

맥이 잭키의 마구잡이식 펀치를 한 차례 피해내더니 이내 U자를 그리며 몸을 회전시켰다.

그리곤 곧장 스트레이트로 그의 안면에 펀치를 꽂아 넣었다.

퍽!

"크헉!"

한 방에 뒤로 나자빠진 그를 향해 맥이 다가와 손을 건넸다.

"일어나라. 그렇지 않으면 한 대 더 팰 거다."

"젠장! 깡패 같은 자식."

그는 잭키의 손을 잡아 일으켜 세운 후 연습장을 빠져나갔다.

*   *   *

화수에게 특별 휴가를 받은 두 사람은 삼겹살에 소주를 마시기로 했다.

치지지지지직!

삼겹살이 맛깔나게 구워지고 있음에도 잭키는 그것을 먹을 수 없었다.

"…제기랄! 사람의 속을 이렇게까지 뒤집어놓다니."

"나는 그냥 한마디밖에 하지 않았어. 네 속에 곪아 있던 것이 터져 버린 것이지."

맥은 괴롭다는 듯이 술을 한 잔 들이켰다.

꿀꺽!

"알아. 그게 더 괴롭다는 거야. 보고 싶은데 볼 수가 없어.

내가 저지른 과오 때문에."

맥은 자신의 잔을 비운 다음 잭키의 잔까지 다 채웠다.

"늦으면 기회조차 오지 않아. 참고로 내가 내 딸들과 화해하는 데 얼마나 걸렸는지 아나?"

"당신도 딸과 사이가 좋지 않았던가?"

"그런 시절이 있었어. 내가 레이싱에 미쳐서 집에 돌아오지 않았을 때 그런 일이 생겼지. 그리고 사업이 망하면서 그 골이 깊어졌어."

"흐음, 그런 일이 있었군."

"하지만 사업이 망하고 나서 내가 장인어른의 댁으로 낙향했을 때, 아이들은 내가 잊은 것이 무엇이었는지 일깨워 주었지. 내가 진정 나일 수 있는 이유는 바로 아이들이라는 것을 말이야."

맥은 잭키에게 스물두 명의 가족과 함께 찍은 가족사진을 보여주며 말했다.

"이젠 이들이 모두 내 가족이야. 내가 이들의 가장이고 아버지지. 나는 이들을 위해 달린다. 그렇기 때문에 기록이 좋아질 수밖에 없지."

맥의 가족 사진을 바라보던 잭키가 괴로운 듯이 말했다.

"하지만 나는 딸을 만날 수도 없는 입장이고, 그 아이도 날 만나주지 않을 거야. 난……."

"해보지 않고는 모르는 것 아닌가? 넌 챔프다. 그런 말도 안 되게 나약한 사람은 아니라는 소리야."

"후우……."

술을 한 잔 들이켠 그가 맥에게 물었다.

"뭔가 방법이 있겠어? 만약 그렇다면 내가 너를 평생 형님으로 모시겠다."

맥은 그의 질문에 아주 간단명료하게 답했다.

"자존심을 버려라."

"자존심을?"

"딸에게 자존심을 세워 봐야 너만 손해야. 어차피 아버지의 권위와 자존심은 애초에 버리려고 있는 거야. 딸을 낳았을 때 그런 것을 느끼지 못했나?"

"으음."

"자존심을 버리고 너 자신을 낮추는 거다. 그렇게 된다면 딸도 너를 이해할 수 있을 거야."

"말은 쉽지만 어떻게……."

맥은 그에게 자세한 방법을 일러주었다.

*　　　*　　　*

미국 캘리포니아에 있는 한 초등학교.

오늘은 학부모 참관 수업이 있는 날이다.

오늘은 아이들의 학습 환경을 공개하는 날이기도 하지만 부모들이 10분씩 일일교사가 되어 수업을 대신하는 날이기도 했다.

"오늘 첫 수업은 수잔의 아버지가 맡으실 거야. 자, 모두 함께 박수로 모셔볼까?"

짝짝짝짝!

"반가워. 수잔의 아버지 로버트란다. 직업은 경찰이고."

"와아! 경찰!"

초등학생들에게 있어 가장 멋있어 보이는 직업은 경찰, 군인, 소방관 같은 것이다.

거기에 제복까지 입고 왔으니 로버트에게 쏟아질 관심은 두말할 필요가 없었다.

"아저씨, 멋있어요!"

"봤지? 우리 아빠야!"

로버트가 딸의 기를 세워주고 난 후, 곧이어 각 아버지나 어머니들이 차례대로 들어왔다.

그들은 의사부터 변호사, 검사, 경찰, 의사, 운동선수 등 그 직업도 다양했다. 그리고 마지막으로 미쉘의 차례가 되었다.

"미쉘? 미쉘 브라이언트의 아버지는……."

미쉘의 어머니 제니가 어색한 웃음 지었다.

"애 아빠가 좀 바쁘네요."

"아, 예."

바로 그때였다.

드르륵.

교실 문이 열리며 아주 유명한 얼굴이 들어섰다.

"브레멘?! 팀 브레멘이다!"

"뭐?!"

F1 그랑프리 선수이자 전 챔피언인 잭키 브라이언트의 유명세는 세월이 지나도 잊히지 않았다.

게다가 지금 TV를 통해 그의 얼굴이 알려지고 있었기 때문에 미국 전역에서 그를 모르는 사람이 없을 정도였다.

특히나 남자아이들은 그의 얼굴을 한 번이라도 더 보기 위해 난리가 났다.

"와아아아아!"

"자자, 천천히, 천천히 자리에 앉자. 그래야 수업을 할 수 있거든."

심지어 아이들로도 모자라서 학부형들까지 그에게 사인지를 내민다.

"저, 수업하기 전에 사인이라도 좀……."

"죄송합니다만, 수업이 끝나면 해드리겠습니다. 괜찮으시죠?"

"무, 물론이죠!"

만약 그가 대회에서 우승이라도 하는 날엔 잭키 브라이언트의 사인은 천정부지로 그 값이 뛸 것이다.

그런 이유가 아니더라도 F1의 팬이라면 당연히 사인을 받으려 할 것이다.

잭키는 단상에 올라 당당히 자신을 소개했다.

"5년 전에 F1 그랑프리에서 우승했고 준우승 두 번, 3위를 한 번 한 잭키 브라이언트야. 지금은 미쉘의 아빠로서 온 것이고."

"와아아아아아!"

의기소침해 있던 미쉘은 어색하게 미소를 지었다.

"정말 너희 아빠야?"

"바보야! 브라이언트라잖아!"

"아, 그렇구나!"

금발에 브라이언트라는 성을 가진 잭키 덕분에 미쉘의 인지도는 학교에서 한껏 높아지게 되었다.

*　　　　*　　　　*

유명인 아버지 덕분에 학교에서 인지도가 올라가긴 했지만 이미 이혼 절차를 밟고 양육권까지 빼앗긴 상황에서 잭키가 할 수 있는 것은 아무것도 없었다.

하굣길, 아이들의 시선에서 멀어지자마자 제니의 손이 그의 얼굴로 날아왔다.

짜악!

"당신 미쳤어? 도대체 여기가 어디라고 나타나?!"

"오늘 그 자식이 오지 못한다는 소식을 들었거든."

"그렇다고 당신이 이곳에 나타나?! 이게 위법이라는 생각은 안 해봤어? 당신, 경찰서 한번 가고 싶어?"

"양육권을 가지고 갈 때 당신이 말했지? 최소한 1년에 한 번은 볼 수 있을 거라고."

"그거야 당신이 제대로 사람처럼 살 때 얘기지!"

잭키는 팀의 모자를 그녀에게 보여주었다.

"내 모자야. 난 다시 팀을 찾았다고. 제대로 훈련도 받고 머신도 있어. TV에서 방영되고 있을 텐데?"

"직업이 아니라 당신의 인성이 문제야! 술 때문에 가정을 버린 그 빌어먹을 인성 말이야!"

"술도 끊었어. 정말이야. 보라고."

그는 더 이상 떨리지 않는 자신의 손을 보여주며 말했다.

"이젠 금단증세도 일어나지 않아. 완벽하게 끊었다고."

"닥쳐! 아무튼 당신은 우리 앞에 나타날 자격 없어!"

그러나 제니는 잭키의 말을 믿지 않았다.

잭키는 그렇게 아이를 데리고 자신의 차로 들어가 버린 제니를 바라보며 씁쓸하게 웃을 수밖에 없었다.

*　　　　*　　　　*

늦은 밤, 모두가 잠든 사이 동네 한복판에 순록을 탄 산타클로스가 등장했다.

"허허허! 모두들 메리 크리스마스!"

사람들은 도대체 이게 무슨 일인가 싶어서 밖으로 나왔다가 엉뚱하게도 선물 상자를 하나씩 받아 들고 들어갔다.

"메리 크리스마스!"

"아, 네."

한밤중에 선물을 주는 사람에게 욕을 할 수는 없는 일. 그들은 순순히 선물을 들고 집으로 들어갔다.

이게 도대체 무슨 일인가 싶어 나온 사람이 더 있었다.

제니가 재혼남 브론과 함께 사는 집이다.

"허허허! 메리 크리스마스!"

"당신 뭐예요?"

"아이에게 선물을 주고 싶은데, 가지고 가주시겠소?"

"뭐 이런 말도 안 되는……."

"싫으신가?"

순간, 집에서 미쉘이 달려 나왔다.

"산타 할아버지다!"

"미, 미쉘!"

"허허허허! 미쉘이구나. 저번 크리스마스엔 선물을 못 받았다지?"

"네."

"그래서 이 할아버지가 왔단다. 자, 받으렴."

"이건?"

"으음, 네가 좋아할 만한 물건이란다. 뜯어보렴."

선물의 포장을 뜯어보니 요즘 아이들이 좋아할 만한 태블릿PC와 스마트폰이 들어 있다.

"우와! 할아버지 최고!"

"허허허허! 마음에 드니?"

"물론이죠!"

"그럼 이 할아버지는 갈 테니 부모님 말씀 잘 들으렴!"

"잠시만요!"

미쉘은 순록 썰매 안장에 앉은 산타에게 뽀뽀를 선물해 주었다.

쪽!

"고마워요!"

"허허허! 메리 크리스마스!"

그리곤 다시 그는 길을 따라 사라져 버렸다.

*   *   *

프리 시즌 테스트가 얼마 남지 않은 어느 날, 두 대의 머신이 모의 서킷을 달리고 있다.

위이이이잉!

초시계를 든 화수는 잭키의 기록이 생각보다 훨씬 더 좋아졌음을 알 수 있었다.

심지어 그는 맥에게서 콤비네이션까지 배워 안정성을 조금 더 높일 수 있었던 모양이다.

"마이너스 2초라……. 대단하군요. 불과 일주일 만에 이런 성과를 만들어내다니. 비결이 뭘까요?"

닉은 슬그머니 미소를 지었다.

"별것 있겠나? 마음의 안정이겠지."

"으음, 하긴 마음이 안정되어야 몸도 그만큼 따라가는 법이긴 하지요."

그는 얼마 전 딸과 메신저로 대화를 주고받을 만큼 관계를 회복했다고 했다.

자존심을 버리고 딸에게 매달린 결과 아버지에게 마음을 연 것이다.

산타클로스로 위장해서 그녀에게 태블릿PC를 건넨 그는 자신이 사실 그 산타였다고 시인했다.

딸은 이미 알고 있었다며 반갑게 그의 일대일 대화를 수락했다.

그리고 두 사람은 메신저를 켜놓고 하루 종일 쪽지나 대화를 주고받으며 부녀간의 정을 키워 나가고 있었다.

모의 레이싱을 끝내고 돌아온 그는 딸에게 보낼 사진을 찍느라 분주했다.

화수는 그런 그를 바라보며 장난 어린 핀잔을 보냈다.

"어어, 그러시면 안 됩니다. 이건 엄연히 우리 팀 기밀이라고요."

"에이, 왜 이러십니까? 같은 팀끼리."

그는 꿋꿋하게 자신의 머신과 함께 사진을 찍어 딸에게 전송했다.

찰칵!

이 사진은 딸이 중요 부분만 모자이크해서 인터넷에 올릴 것이다.

사실 머신의 전반적인 모든 부분이 공개되어도 큰 문제는 없지만 장본인인 선수의 입장에선 그렇지 않은 모양이다.

"조만간 딸에게 전체적인 모습을 실제로 보여줄 수도 있겠지요?"

"1년에 한 번씩 딸을 볼 수 있다고 하지 않았습니까?"

"딸이 저를 보고 싶을 때엔 언제라도 볼 수 있습니다. 법정이 그런 자유까지 구속할 수는 없거든요."

"잘되었습니다."

"이제 저만 열심히 하면 됩니다. 팀에 기여해서 좋은 성적을 거두어야지요."

이윽고 대화를 나누고 있던 화수와 잭키에게 맥이 다가왔다.

맥은 잭키의 어깨를 두드리며 말했다.

"성적이 훨씬 좋아졌어."

"훗, 당연하지. 내가 누군데."

"역시 너를 메인으로 정하길 잘했어. 내가 뭐라고 했나? 코너링만 보완하면 완벽해질 것이라고 했지?"

"쳇, 그렇다고 치지."

아직까지 티격태격하긴 하지만 이 정도면 두 사람의 관계가 아주 많이 발전했다고 할 수 있었다.

화수는 이제 팀 브레멘의 앞날에도 희망이 보이는 것 같았다.

4장

이변을 일으키다

　스페인 헤레즈에서 열린 프리 시즌 테스트 첫 번째 주자로 독일의 M사의 베테랑 드라이버 닐슨이 나섰다.

　부아앙, 아아아앙!

　타이어 테스트와 머신에 대한 적합 테스트를 모두 마치고 테스트 드라이빙을 거쳤다.

　그가 갱신한 기록은 랩타임 1분 21초. 평균 기록보다 약 2초 정도 단축된 기록이다.

　외신들은 닐슨이 이번 시즌에서도 우승하리라고 장담했다.

벌써 네 시즌째 우승컵을 거머쥔 그는 잭키 브라이언트에게 우승을 빼앗기고 난 이후로 한 번도 챔피언 자리에서 내려온 적이 없었다.

드라이빙을 끝내고 돌아온 그는 기자들의 플래시세례와 팬들의 사인 요구를 적당히 들어준 후 곧장 팀 부스로 들어가버렸다.

그리고 이어진 팀 브레멘의 테스트 드라이빙이 시작되었다.

부릉, 부릉!

시동을 걸고 스타팅 부스에 선 잭키에게 화수가 다가왔다.

"적당히 놀라게 해주시면 됩니다. 아시겠죠? 어차피 머신 테스트는 모두 통과했으니까요."

"알겠습니다."

화수의 복사열 부스터 등이 대회 규정에 어긋나지 않은 것은 올해부터 규정이 바뀌었기 때문이다.

만약 화수가 1년만 늦게 대회에 참가했다면 대회에 참가하지도 못했을지도 모른다.

엔진의 구조가 직분사 방식에서 터보 엔진으로 바뀌면서 화수의 복사열 부스터가 일부 인정된 것이다.

또한 머신에 대한 각 규정에 화수가 만든 머신이 우연치 않게 일치하는 바람에 수정 하나 없이 대회에 참가할 수 있었다.

웨지의 뛰어난 스펙에도 불구하고 외신들은 그 특유의 뾰족한 디자인이 드라이버를 죽일 수 있다고 지적했다.

하지만 그들은 마나코어에 대한 존재를 아예 모르고 있으니 당연히 그렇게 생각할 수밖에 없을 것이다.

"출발합시다."

철컥, 끼이이이이익!

출발선으로 달려간 그는 곧장 스타트 부스터를 발동시켰다.

쿠르르릉, 퍼엉!

부아아아아앙!

마치 우주선이 출발하는 것 같은 착각이 들 정도로 크고 강렬한 굉음이 경기장을 울렸다.

"오오! 다른 것은 몰라도 퍼포먼스 하나는 죽이는군!"

엔진의 구조를 바꾸면서 F1 특유의 굉음이 조금은 사라진 가운데 그가 몰고 온 부스터의 퍼포먼스는 기자와 타 팀 관계자들의 눈을 단박에 사로잡았다.

스타트 직전에 연료를 소진시킨 것은 출발에 필요한 복사열을 모으기 위함이다.

머신이 출발하고 나면 차체가 만들어내는 복사열이 차량에 쌓이기 때문에 앞으로 멈출 필요는 전혀 없을 것이다.

위이이잉!

첫 번째 테스트는 어떤 차량이 가장 멀리 가고 총 랩 수에 비례해 빨리 달렸는지 가늠하는 장이다.

그는 가장 빠른 속도로 첫 번째 랩을 통과했다.

부아아아앙!

화수는 그의 총 랩타임을 확인했다.

"1분 19초, 나쁘지 않군요."

그들의 테스트가 끝났을 때, 외신들은 도대체 저들이 무슨 마법을 부렸는지 가늠할 수 없어 멍한 표정이 되어버렸다.

이윽고 맥의 추가 드라이빙에서도 거의 엇비슷한 기록이 나왔고, 외신들은 그제야 화수의 머신에 뭔가 특별한 것이 있다고 생각하기 시작했다.

개중에선 규정 위반을 한 것이 아니냐고 말하기도 했지만 그것은 FIA의 깐깐함을 제대로 알지 못하고 지껄이는 헛소리에 불과했다.

그들은 ㎜ 단위까지 아주 세세히 신경 쓰고 선수의 자격에 대해서도 아주 엄격하게 다루었다. 당연히 조작을 벌일 수는 없었다.

그렇게 테스트의 첫날이 지나갔다.

*   *   *

테스트가 끝나고 난 후, 드디어 호주 멜버른에서의 F1 그랑 프리 개막전이 정해졌다.

이날 포지션은 맥이 12번, 잭키가 13번으로 정해졌다.

F1은 종합 성적으로 선수들의 순번을 정하게 되기 때문에 맥과 잭키가 조금 뒤로 밀리게 된 것이다.

하지만 그들은 트랙 마지막에 선다고 해도 큰 문제가 없을 것이다.

차량에 대한 최종 테스트가 끝나고 난 3월 초 드디어 개막식이 열렸다.

부릉, 부릉!

총 26대의 차량이 길게 늘어서 출발 신호를 기다리고 있다. 화수는 피트 박스 안에 서서 그와 무전을 주고받을 예정이다.

"차량 세팅은 최적화입니다. 주유나 기타 피트인은 필요 없으니 오로지 달리는 데 집중하세요."

―알겠습니다.

화수의 차량이 이들 중에서 가장 뛰어난 것은 다름 아닌 연비와 타이어의 마모도에 있었다.

차량들은 차체의 과열과 연비, 그리고 타이어의 마모를 피하기 위해 초반에 무리하지 않는 선에서 레이싱을 펼치게 된다.

피트인에 들어가는 시간 때문에 순위가 바뀌는 것은 당연한 일이기 때문이다.

오늘은 61랩을 가장 먼저 도는 선수가 우승하게 되는 룰이다.

이렇게 긴 트랙을 완주하는 동안 전력으로 머신을 몰다 보면 엔진이 과열로 인해 문제를 일으키거나 바퀴가 마모되어 더 이상 달릴 수 없는 사태가 벌어진다.

그래서 피트인하여 소모되는 시간을 최소한으로 단축시키는 것 또한 경기의 승패를 가르는 데 중요한 요소가 된다.

이윽고 삼색의 신호등이 차례대로 색을 바꾸어 출발 신호인 녹색 등이 켜졌다.

삐익!

부아아아아아아앙!

타이어를 예열시켜 마찰력을 높인 머신들이 이내 빠른 속도로 튀어나갔다.

부앙, 부아아아아아앙!

F1 머신들의 제로백(0에서부터 100㎞까지 걸리는 시간)은 불과 2초도 채 걸리지 않는다.

또한 300㎞를 넘기는 데 불과 7초도 안 걸리기 때문에 직선 코스를 달릴 때엔 귀가 찢어질 정도의 굉음이 들리게 된다.

부아아아앙!

관객들은 머신들이 보여주는 퍼포먼스에 도취되어 환호성을 내지르고 있었지만 피트박스에 앉아 있는 화수는 오로지 모니터와 팀 라디오에 집중하고 있었다.

　"좋습니다. 이대로 페이스를 유지해서 곡선 코스에서 승부를 보자고요."

　―알겠습니다.

　철컥, 끼이이이익!

　모든 머신이 속도를 줄여 나가는 곡선 코스, 하지만 웨지와 나이트만은 그 속도를 그대로 유지한 채 달려 나갔다.

　외신들과 캐스터들은 그들의 행동을 바라보며 미쳤다고 손가락질했다.

　―오랜만에 F1 무대에 돌아와서 그런지 행동이 너무 과감하군요! 급커브 라인에서 무려 150㎞의 속도로 질주합니다!

　―어어, 이런! 잘못하면 대형사고로 이어질 수도 있겠어요!

　하지만 그들의 기우는 아주 작은 걱정에 불과했다.

　―측면 바람 개방합시다.

　끼릭, 휘이이이잉!

　무려 시속 350㎞의 바람 속에서 연을 자유자재로 다루는 그의 실력이 어김없이 빛을 발했다.

　측면을 살짝 띄워 차량의 방향을 전환시킨 그는 곧장 복사열 부스터를 발동시켰다.

끼릭, 부아아앙!

잭키가 먼저 10위에 안착해 있던 스페인의 후안 가르시아와 9위 이스마엘 루이즈 가볍게 제치고 단숨에 9위로 올라섰다.

그리고 그 뒤를 이어 맥이 10위를 기록했다.

순식간에 순위를 바꿔치기한 두 사람은 직선 코스에서 다시 한 번 이변을 일으켰다.

─네가 오른쪽?

─오케이.

끼릭, 부아아아아앙!

점점 최고 속도로 달려가던 두 사람은 머신의 한계점에 이르기 직전에 모아두었던 복사열을 터뜨렸다.

퍼어어엉!

마치 소닉붐이 일어나는 듯 머신의 뒤로 흰색 연기가 스멀스멀 피어오르며 최고 시속이 무려 100㎞ 이상 뛰어오른다.

끼이이이이이잉!

팀 라디오 너머로 들리는 엄청난 바람과 굉음은 도저히 귀로 들어주기 힘들 정도이다.

하지만 팀의 마스터 엔지니어이자 차량의 개발자인 화수는 한순간도 라디오에서 귀를 떼지 않았다.

그는 머신 차체의 한계점을 잘 파악하고 있기 때문에 언제

부스터를 중단시켜야 할지 잘 알고 있었다.

"지금입니다! 부스터를 꺼요!"

휘이이이잉!

복사열 부스터가 멈추고 나자 차량에서 냉각 마법이 시전되어 복사열을 식혀 주었다.

이제 약 5분간은 부스터를 사용할 수 없을 것이다.

하지만 그들의 순위는 무려 3위와 4위까지 뛰어올라 있다.

외신과 스포츠 중계석에선 난리가 났다.

—이, 이변입니다! 세상에, 저게 바로 팀 브레멘이 말한 복사열 충전식 터보 엔진이군요!

—실로 대단합니다! 방금 전 드리프트 이후의 콤비네이션 역시 저 부스터가 아니었나 싶습니다! 아주 훌륭하군요!

경기 초반만 해도 이들의 평가는 그야말로 절하 그 이상이었다.

하지만 이제는 그들을 괴물로 표현하며 이번 대회 우승 후보로 미리 점치기도 했다.

화수는 슬그머니 미소를 지었다.

'후후, 놀랄 일은 이제부터 일어날 거다.'

그렇게 경기는 계속되었다.

*　　　　*　　　　*

경기의 중반.

이제 슬슬 피트인하여 차량을 정비하고 주유하는 등의 시간을 갖는 차량이 늘어나고 있었다.

하지만 팀 브레멘의 차량들은 좀처럼 피트에 들어오지 않고 있었다.

중계석에선 그들의 이런 행동이 아주 깊은 인내심에서 오는 절약 정신이라고 말했다.

—이제 곧 기름이 바닥날 텐데요. 연료가 없으면 달릴 수 없다는 것을 모르는 것일까요?

—글쎄요. 뭔가 비책이 있겠지요.

—다른 선수들은 모두 피트인을 마쳤습니다만, 두 선수만 피트인을 마치지 못했습니다. 이대로라면 1위를 놓칠 수도 있겠어요.

두 사람은 나란히 1위와 2위를 지키고 있었지만 피트인 한 번이면 바뀔 수 있는 순위였다.

그러나 외신들의 기우와는 반대로 그들은 아직 연료의 삼분의 일도 채 소모하지 않았다.

또한 타이어 역시 마모는커녕 처음과 거의 비슷한 수준을 유지했다.

타이어 자체가 열을 흡수하고 스스로 숨을 쉬기 때문에 마모될 리가 없었던 것이다.

또한 고무에 마나코어를 섞어 만들었기에 재생까지 가능한 타이어이다.

아마 오늘 하루 종일 트랙을 달린다고 해도 절대로 차가 멈추어 설 일은 없을 것이다.

그렇게 1위와 2위가 바뀌지 않은 채 경기가 계속되어 앞으로 남은 랩은 불과 3랩이다.

부아아아아앙!

화수는 자신의 앞을 빠른 속도로 스쳐 지나가는 머신들을 바라보며 말했다.

"앞으로 세 바퀴입니다. 속도를 조금 더 내도 괜찮습니다."

─알겠습니다.

남아 있던 복사열과 연료를 모두 소진하겠다는 듯 두 사람은 미친 듯이 서킷을 질주했다.

끼익, 부르르릉! 끼익, 퍼엉!

드리프트와 부스터를 난무하며 서킷을 질주하던 그들은 마침내 1시간 25분 29초와 29초 05로 결승점에 골인했다.

경기의 마지막을 알리는 체커드 플랙이 나풀거리며 오늘의 우승자를 환영했다.

─경기 끝났습니다! 오늘의 우승자는 팀 브레멘의 잭키 브

라이언트입니다! 그리고 준우승으로는 맥 콜린스가 들어왔군요! 대단합니다!

두 사람이 들어오고 나서 약 6초 후에 3위가 들어왔으니 나머지 선수들의 기록은 눈으로 확인하지 않아도 엄청난 차이가 난다는 것을 알 수 있었다.

화수는 팀 라디오로 두 사람의 노력을 치하했다.

"잘했습니다. 아주 트랙을 두 사람이서 나누어 먹었더군요."

—후후, 이런 머신을 가지고도 우승하지 못하면 바보지요.

—쳇, 다음 그랑프리에선 내가 우승할 테니 그렇게 알라고.

—해볼 수 있으면 해보시든지.

두 사람은 우승한 그 순간까지 티격태격 다퉜다.

경기가 끝난 후 곧장 시상식이 열렸다.

1위 단상에는 잭키 브라이언트가, 그 뒤의 2위엔 맥 콜린스가 올라왔다.

찰칵찰칵!

눈앞을 제대로 볼 수 없을 정도로 눈부신 플래시세례가 이어졌지만 1위와 2위는 연신 미소를 지었다.

"여기를 보고 포즈 한번 취해주세요!"

찰칵, 찰칵!

몇 차례 사진을 찍은 후 그들에게 샴페인이 전달되었다.

"하하하! 받아라!"

뽀옹!

샴페인으로 샤워한 두 사람은 서로 어깨동무를 하며 팀워크를 과시했다.

그런 그들을 바라보는 타 팀원들의 표정에는 어둠이 서려 있었다.

두 사람은 샴페인을 가지고 크루들에게 달려가 내용물을 난사했다.

"받아라!"

촤라라라락!

"이런 버르장머리 없는 놈들!"

"하하하! 좋은 날 아닙니까!"

"허허, 그래, 마음대로 해라."

특히나 팀 디렉터인 닉은 가장 많은 샴페인을 머리에 맞았다.

그다음으로는 화수가 양동이에 담긴 샴페인과 얼음을 정통으로 뒤집어썼다.

촤르륵!

"앗! 차가워!"

"사장님도 꽤 더웠을 것입니다. 어때요? 시원하지요?"

"후후, 냉수마찰도 생각보단 괜찮네요."

화수는 이런 선수들의 장난이 오늘따라 유난히 기뻤다.

*   *   *

F1 호주 그랑프리에서 우승한 화수의 팀 브레멘은 외신의 집중적인 주목을 받았다.

다음 경기가 열리는 26일 중국 그랑프리에서 과연 그가 어떤 전략을 사용할지에 대해 외신들은 큰 관심을 가졌다.

팀의 디렉터인 닉은 기자들의 질문을 아주 간단명료하게 일축했다.

"우리는 이길 겁니다. 이번에도 사정 봐주지 않고 밟을 것이기 때문이죠."

"그렇다면 감독님, 어떻게 하여 60랩 동안 피트인 한 번 없이 경기를 치를 수 있었는지 알려주실 수 있습니까?"

꽤나 예리한 질문이었지만 닉은 이마저도 간단하게 무마해 버렸다.

"우리 팀의 엔지니어이자 머신 개발자이신 강화수 사장님의 하이 테크놀로지 덕분입니다. 아시는 분은 아시겠지만 저희들 머신은 다른 회사와 차별화되어 있습니다."

"어떤 부분에서 차별화되어 있다는 것이지요?"

"그거야 영업 기밀이라 알려드릴 수 없지요."

그제야 외신들의 시선이 화수를 향했다.

"강화수 대표님, 한 말씀만 해주시지요!"

화수는 카메라세례를 받으며 짧게 답했다.

"저는 이수자동차에서 얻은 기술력을 웨지와 나이트에 쏟아 부었을 뿐입니다. 대부분 자동차 잡지에 근무하시는 분들이니 잘 아시겠군요. 저는 하이브리드 자동차를 생산합니다. 그 기술력을 포뮬러에 도입한 것뿐입니다."

"그 밖에 다른 비결은 없습니까?!"

"이 또한 영업 기밀이라 알려드릴 수 없군요."

"사, 사장님!"

화수는 이내 자리에서 일어섰고, 팀의 매니저와 디렉터가 남은 질문을 모두 소화할 수밖에 없었다.

*　　　　*　　　　*

화수의 언론플레이는 아주 적중했다.

그는 기자들에게 떡밥을 뿌리고 그들이 그것을 물고 난리를 칠 때까지 기다리기로 했다.

언론플레이에 걸려든 기자들은 화수의 기술에 대한 비밀을 캐내기 위해 이수자동차를 집중적으로 따라다녔다.

하지만 공장에서 일률적으로 찍어내는 자동차에 대해서 알아낼 수 있을 리가 없었다.

또한 차를 분해해서 정밀 분석한다고 해도 그 기술에 대해 알 수 있는 사람은 아무도 없을 것이다.

엔진 자체가 다른 엔진과 다를 바가 없고 그 구조 또한 아주 단순하기 때문이다.

그들은 마나코어라는 개념을 전혀 알지 못했기 때문에 그저 몇 날 며칠 동안 머리만 싸매다 취재를 끝내기 일쑤였다.

하지만 그러면 그럴수록 이수자동차에 대한 기술력은 멀리 퍼져 나갈 수밖에 없었다.

차를 분해해서 결합하고 그 성능을 확인해 본 기자들은 이수차의 기술력이 독보적이라는 것을 알 수 있었다.

급기야 이수 차와 독일 차의 성능을 비교하는 영상들이 SNS와 UCC를 통해 회자되었다.

영상에는 이수 차의 연비와 독일 차의 연비가 무려 두 배 이상 나며 같은 스펙으론 도저히 따라갈 수 없는 기술력이라고 했다.

연비가 좋다고 해서 출력이 떨어지는 것도 아니고 토크가 낮게 나오는 것도 아니니 독일 차들은 단숨에 쪽박을 찰 수밖에 없었다.

덕분에 이수자동차는 취소되었던 사전 계약을 모두 수복

하고 그 두 배에 달하는 주문을 수주했다.

그 계약금으로 현재 핀란드 은행에서 출자한 자금을 1차 상환했고 남은 잔액은 빠른 시일 내에 갚을 수 있을 것으로 보였다.

덕분에 신이 난 것은 베트남과 한국에 있는 자동차 공장이었다.

이곳의 생산 라인은 하루도 쉬지 않고 차를 찍어내어 유럽으로 보냈다.

동북아에서는 이미 10차 물량까지 풀려 조금 여유가 있기 때문에 내수와 동북아 시장에 들어갈 물량까지 모두 유럽으로 돌리기로 했다.

게다가 화수는 차량의 가격을 깎아서 파는 관례를 탈피하고자 오히려 차 값을 올렸기 때문에 수익은 점점 더 높아져 갔다.

이때 화수는 두 선수를 광고에 기용해 유럽 시장에서 자리를 굳히기로 했다.

두 사람이 머신을 타고 자유 트랙을 달리는 짧은 광고에 이수자동차를 내보내어 강렬한 인상을 남기기로 한 것이다.

부아아아아앙!

영암에 위치한 자유 트랙에서 웨지와 나이트를 타고 달리는 두 사람의 연습 영상을 광고로 내보내기로 하고 화수는 직접 영상을 촬영했다.

끼익, 퍼엉!

특유의 콤비네이션으로 화려한 퍼포먼스를 자아내며 두 사람이 동시에 결승선에 도착했다.

끼이이익!

콕핏에서 내린 두 사람은 한 피켓을 들고 섰다.

〈이수 자동차, It's Amazing!〉

한글로 또박또박 적힌 이수자동차의 로고는 이제 유럽에서 가장 핫한 마크가 될 것이다.

*   *   *

3월 26일, 중국 베이징에서 2차 그랑프리가 열렸다.

오늘은 외신들의 모든 관심이 팀 브레멘에 집중되고 있었다.

전문가들은 그들의 노익장이 젊은 피와 겨루어도 전혀 손색이 없으며 오히려 그들을 앞선다고 극찬했다.

예선에서의 성적도 그리 나쁘지 않았고 독보적인 기록 갱신으로 인해 포인트가 용솟음친 그들의 행보에 귀추가 주목

되었다.

―오늘 열리는 베이징 그랑프리에 10만 관중이 운집했습니다! 아마 전 세계 24억 관중 역시 이들을 지켜보고 있겠지요.

―예, 그렇습니다. 특히나 혜성처럼 다시 돌아온 챔피언 두 명이 펼치는 콤비네이션 플레이가 오늘도 빛을 발할지에 대해 아주 큰 관심이 쏟아지고 있습니다.

관심이 높아질수록 부담감은 더욱더 커지게 마련이다.

"후우!"

화수가 긴장된 기색이 역력한 잭키에게 다가갔다.

"괜찮습니까?"

"조금 떨리네요."

"다시 1위에서 떨어질까 봐서요?"

"뭐, 그렇다고 볼 수 있지요."

화수는 그의 어깨를 다독이며 격려했다.

"괜찮아요. 이길 수 있어요. 당신에겐 딸이 있지 않습니까?"

"후우! 그렇지요. 다시 힘을 내야지요."

식은땀이 비 오듯 흐르는 그에게 화수는 노란색 환약을 건넸다.

"이것을 좀 먹어보세요. 청심환입니다. 제가 직접 제조한 것이지요."

"청심환이요?"

"진정 효과가 있어요. 그래서 한국에선 긴장되는 일을 앞두곤 청심환을 먹습니다."

"가, 감사합니다."

그는 화수가 건넨 청심환을 단숨에 집어삼켰다.

꿀꺽!

"후우, 좀 낫군요."

"그렇지요?"

화수는 그에게 마나코어와 룬어가 섞인 청심환을 건넸다.

이것은 제국군 살수들에게 먹이던 청심환인데, 그들은 적진에 침투해 요인을 암살하고 돌아와야 하는 중요한 임무를 받았다.

그들이 실패하면 군이 패배한다는 엄청난 압박감과 절체절명의 순간에도 흔들리지 않아야 하는 긴장감 때문에 살수들은 마약을 복용하곤 했다.

그 때문인지 살수들은 항상 마약에 찌들어 정상적으로 생활하지 못했다.

화수는 그런 그들이 정상적인 생활을 할 수 있도록 마나코어와 룬어로 만든 진정제를 개발했다.

이것은 마나가 있는 곳 어디라도 액체와 닿기만 하면 마법을 발동시키는 방식을 택했기 때문에 일반인이 먹어도 금세 효과를 발휘했다.

"어라? 좋은데요?"

"그렇지요?"

"이야, 이런 물건은 또 어디서 개발하신 겁니까?"

"후후, 다 방법이 있지요."

"고맙습니다!"

"다 좋은데 너무 약에만 의존하면 안 됩니다. 그건 잘 알고 계시겠지요?"

"물론입니다."

그는 또다시 승리를 위해 콕핏으로 향했다.

*   *   *

부아아앙!

뜨거운 열기로 가득한 베이징의 서킷은 생각보다 훨씬 더 미끄럽고 촉촉했다.

위도상 북쪽에 위치한 베이징이기 때문에 아직 초봄의 냉기가 채 가시지 않은 것이다.

하지만 그럼에도 불구하고 레이싱은 계속되었다.

─땅이 상당히 질척질척합니다. 하지만 그럼에도 불구하

고 협회 측에선 경기를 취소하지 않았고요.

—네, 그렇습니다. 원래 F1은 한번 정해지면 비가 와도 경기를 진행합니다. 물론 너무 위험한 경우엔 선수들의 의견을 존중하여 그랑프리를 연기하기도 하지요.

—니키 라우다 선수와 같은 피해자가 일어나지 않게 하기 위해서요?

—그렇다고 할 수 있지요.

70년대, F1 그랑프리를 주름잡던 니키 라우다는 1976년 독일 뉘르부르크링 서킷에서 열린 대회에서 차량이 코너에 부딪치는 사고를 겪었다.

그 사고로 차량은 800도가 넘는 화염에 휩싸이게 되었고, 그는 동료들에 의해 극적으로 구출되어 간신히 목숨을 건지게 되었다.

이는 F1의 위험성이 얼마나 높은지 보여주는 사건이 되었고, 지금까지 악천후인 날이면 회자되곤 했다.

—하지만 오늘은 노면 상태가 그리 나쁘지 않기 때문에 달리는 데 지장은 없을 겁니다. 오히려 오늘 차량 세팅이 어떻게 변하는지 지켜보는 맛이 생기겠군요.

—레인 타이어를 사용하는지, 아니면 미디움 타이어를 사용하는지 말입니까?

—그렇지요.

선수 중 절반 이상이 레인 타이어를 장착했지만 잭키와 맥은 전 경기에서 사용하던 기종을 그대로 사용하기로 했다.

이윽고 선수들이 출발선에 섰고, 드디어 머신이 굉음을 뿜어내기 시작했다.

부아아아앙!

띠잉!

외신의 걱정과는 다르게 그들은 녹색 신호등이 켜지자마자 노면이 젖었다는 것도 잊은 채 질주했다.

끼익, 부아아앙!

그것은 1위와 2위를 달리고 있는 맥과 잭키 역시 마찬가지였다. 그들은 타이어를 교체하지 않은 채 이전과 똑같은 레이싱을 보여주고 있었다.

─믿을 수 없군요! 이 미끄러운 땅에서 어떻게 저런 정교한 컨트롤이 나올 수 있죠?

─훈련량이 인간의 상상을 초월한다고 하더군요. 아마 그런 노력이 저 선수들을 만들어내지 않았나 싶습니다.

외신들은 특히나 불혹을 훌쩍 넘긴 맥의 노익장을 상당히 높게 샀다.

─저 선수의 거침없는 질주를 좀 보십시오! 대단하지 않습니까?

─과연 그렇군요!

캐스터들의 칭찬이 이어지는 바로 그때였다.

끼리익, 부아앙!

급커브에서 연달아 곡선으로 이어지는 구간에 당도한 맥이 신들린 컨트롤로 트랙을 극복해 나갔다.

마치 미꾸라지가 바위틈을 헤집고 나가는 듯한 그의 드라이빙은 관중들은 물론이고 외신들의 눈을 휘둥그레지게 만들었다.

―대단합니다! 정말이지, 놀라울 따름이군요!

―저 선수는 시력이 나빠지기는커녕 오히려 정교한 컨트롤이 가능한가 봅니다! 진정 부럽군요!

환희와 놀라움 속에 경기는 계속되었고, 레이스는 이제 중반으로 향했다.

경기가 거의 다 끝날 무렵, 맥은 단 한 뼘 차이로 선두를 내주고 말았다.

―이제 두 바퀴 남았습니다! 과연 맥 콜린스 선수는 선두를 탈환할 수 있을까요?!

일진일퇴를 거듭하던 레이싱은 이제 단 한 바퀴를 남기고 또다시 뒤집어지고 말았다.

끼릭, 부아아앙!

곡선 구간에서 다시 한 번 맥의 신들린 컨트롤이 발휘되었던 것이다.

—오오, 또 나왔습니다! 저 신들린 레이싱을 보십시오! 가히 신의 손이라고 할 수 있겠군요!

극찬이 이어지는 가운데 그가 드디어 결승선을 통과했다.

—체커드 플랙이 올라갑니다! 맥 콜린스 선수가 1위로 결승선을 통과했습니다! 기적, 이적! 그 어떤 수식어를 가져다 붙여도 모자랄 경기였습니다! 정말 대단합니다!

관중과 외신들은 그 자리를 박차고 일어나 맥에게 박수를 보냈다.

그가 머신에서 일어서 손을 들어 보이자 그 퍼포먼스에 관중들은 더욱 열광했다.

그리고 이어진 리워드. 그는 당당히 1등석에 발을 올리게 되었다.

"와아아아아아아!"

관중들의 우레와 같은 성원 속에 그는 샴페인을 들어 기자들이 서 있는 자리에 대고 뿜어댔다.

촤라라라라락!

그의 이런 행동은 오히려 관중들의 지지를 얻게 되었고, 그는 또 한 번 인기를 구가할 수 있게 되었다.

이윽고 그가 서 있는 단상으로 금발의 꼬마아이가 달려왔다.

"아바바바바!"

"샤넌!"

그는 자신을 무척이나 잘 따르던 조카 샤넌을 한 팔에 안았다.

"하하하! 도대체 여기까진 어떻게 온 거야?!"

"어버버?"

깜찍한 샤넌의 애교에 외신들의 셔터가 조금 더 빠르게 터져 나왔다. 그리고 잠시 후, 그의 대가족이 우르르 단상으로 달려 나왔다.

"여보!"

"매형!"

"아빠!"

"아주버님!"

호칭도 제각각인 가족들이 그를 에워싸며 승리를 자축했다.

"축하해요! 드디어 1위를 하셨네요!"

"하하하, 고마워!"

맥은 가족들의 품에 안겨 오랜만의 승리를 만끽했다.

5장

위기에 봉착하다

　4월 7일, 말레이시아 쿠알라룸푸르에 추적추적 비가 내렸다.

　F1 그랑프리가 3일 앞으로 다가온 가운데 봄비가 내리는 바람에 선수들의 컨디션 관리에 적신호가 켜졌다.

　가뜩이나 저번 베이징 레이스 때 입은 컨디션의 타격이 채 회복되지도 않은 가운데 또다시 악천후와 싸워야 한다는 것은 여간 힘든 일이 아니었다.

　하지만 팀 브레멘은 오늘도 비지땀을 흘리며 훈련과 머신 조정에 열을 올렸다.

후덥지근한 말레이시아의 날씨는 머신을 운영하는 데 더없이 나쁜 조건이지만 체력을 기르는 데는 아주 제격이다.

마치 정글을 연상케 하는 날씨 속에서도 두 선수는 산비탈을 달렸다.

"허억, 허억!"

그들은 남들에 비해 앞서고 있었지만 언제 다시 추락할지 모른다는 압박감 때문에 하루도 쉴 수가 없었다.

물론 경기가 있는 당일과 그 전날에는 숙소에서 충분히 휴식을 취하겠지만 그 전까진 잠시라도 훈련을 개을리할 수 없었다.

아침 훈련부터 아주 강도 높게 스케줄을 잡은 두 사람은 산비탈 중턱에 도달해서야 드디어 멈추어 섰다.

"여기까지 하시죠."

"허억, 허억! 그럽시다."

전속 트레이너 제임스가 두 사람에게 마나 드링크를 건네며 말했다.

"오늘 체력 훈련이 끝나면 몸보신으로 삼계탕을 먹고 염분을 보충할 겁니다. 그 이후에는 평소대로 연어샐러드에 야채를 곁들여 먹을 것이고요."

"오오, 삼계탕 좋지요!"

화수가 직접 공수해 온 토종닭에 황기, 대추, 인삼 등을 넣고 끓인 삼계탕은 이들이 가장 좋아하는 보양식이다.

기름은 깔끔하게 거둬내고 오로지 살만 발라 먹고 국물은 죽을 쑤어 먹는다.

삼계탕에 함유된 나트륨과 지방이 조금 걱정이긴 하지만 마나 드링크로 채울 수 없는 부분이 있기 때문에 한 끼쯤은 괜찮다는 것이 제임스의 견해였다.

재빨리 아침 훈련을 마치고 계속하여 정오까지 트랙 적응 훈련과 집중력 훈련을 이어나간 그들은 점심으로 삼계탕을 맛볼 예정이다.

화수는 팀원들이 일하고 있는 부스에 직접 상을 차리고 점심을 먹기로 했다.

"자자, 다들 맛있게 들어요."

"감사합니다!"

자고로 음식은 함께 나누어야 그 맛이 살아나는 법이다.

현지에서 일하고 있는 한식당 사장을 직접 섭외하여 삼계탕을 끓인 화수는 팀원들에게 그것을 골고루 나누어 주었다.

각자 한 마리씩 뜯어 먹을 수 있었고, 그 안에는 찹쌀을 비롯해 은행, 잣 등 몸에 좋은 잡곡이 고루고루 섞여 있다.

그리고 화수는 상 중간 중간에 백년초와 겨우살이 등을 넣고 삶은 돼지고기 수육을 올려놓았다.

앞다리 사태로 만든 수육은 기름기가 적고 담백해서 외국

인의 입맛에도 아주 잘 맞았다.

다만 약재의 쌉쌀한 향이 조금 걸리긴 했지만 약이라고 생각하고 먹었다.

화수와 식당 주인 또한 상 한가운데 앉아 함께 고기를 나누었다.

"많이들 먹어요."

"감사합니다. 사장님도 많이 드세요."

그는 상 밑에서 동동주를 한 주전자를 꺼내어 팀원들에게 돌렸다.

"술 한 잔씩은 괜찮으시죠? 물론 드라이버들은 무리겠지만요."

"물론이지요."

"한 잔씩 드시고 다들 오후엔 취침합시다."

"자, 건배!"

"건배!"

레이서들을 제외한 모든 인원이 동동주를 맛보았다.

꿀꺽!

"크흐! 좋구나! 도대체 이건 뭐로 만든 술입니까?"

"약재와 쌀로 빚은 겁니다. 몸에 좋은 겁니다. 약술입니다."

"오호라, 한잔 더 주십시오."

"그래요. 많이 드세요."

화수는 팀원들에게 모자라지 않게 술을 돌렸다.

*　　　*　　　*

다음 날 아침, 모의 레이싱을 앞둔 잭키의 표정이 썩 좋지 않았다.

"무슨 일 있습니까?"

"속이 좀……."

"속이요?"

"자꾸만 울렁거리고 메스꺼운 것이……."

"이상하군요. 어제 먹은 삼계탕이 잘못되었나?"

"아, 아닌 것 같습니다. 다른 사람들은 다 멀쩡한데요."

"그럼 왜……?"

지금까지 잭키는 삼계탕을 몸보신하는 거라 생각해 즐겨 먹었다.

하지만 그동안 단 한 번도 탈이 난 적이 없으며, 심지어 첫 회 그랑프리에서는 우승컵까지 거머쥐었다.

두 번째 그랑프리에선 2위를 했지만 대신 맥이 우승컵을 차지했다.

그때 역시 삼계탕을 먹었고, 팀 브레멘은 경기 전에 무조건

삼계탕을 먹어야 한다는 징크스까지 생겨났다.

그런 그가 삼계탕을 먹고 혼자만 탈이 났다는 것은 조금 의심스러운 일이었다.

"견디기 힘듭니까?"

"아, 아니요. 괜찮습니다."

아직 팀 닥터가 구급약과 상비약을 가지러 갔다 복귀하지 않은 상태이다.

화수는 그가 걱정되지만 열정을 말릴 수는 없었다.

"아무튼 모의 레이싱은 계속하겠습니다."

"그러십시오."

이윽고 그는 맥과 함께 출발선에 섰다.

부르르릉!

화수는 팀 라디오로 두 사람에게 동시에 출발 신호를 내렸다.

"출발하십시오."

부아아아아앙!

맥의 나이트는 미끄러지듯 트랙을 달렸지만 반대로 잭키는 그 자리에서 꼼짝을 하지 못했다.

"잭키?"

―으, 으윽, 우웨에에에엑!

급기야 그는 머신 밖으로 토사물을 뿜어냈다.

화수를 비롯한 피트크루 전원이 달려가 그의 상태를 살폈다.

"잭키!"

"으윽……."

그는 자꾸만 요상한 신음을 내뱉을 뿐 좀처럼 정신을 차릴 기미를 보이지 않았다.

때마침 병원에서 돌아온 팀 닥터와 의료진이 그에게로 달려왔다.

"어, 어? 무슨 일입니까?!"

"브라이언트 선수가 쓰러졌어요! 원인은 잘 모르겠습니다! 식중독인 것 같기도 하고!"

청진기를 들고 잭키의 배와 장기를 천천히 살피던 그가 잔뜩 찌푸린 얼굴로 물었다.

"어제 뭘 먹었습니까?"

제임스는 자신이 짠 식단표를 팀 닥터에게 보여주었다.

"식단은 이렇습니다. 단백질과 야채 위주로 된 식단이라 탈이 날 것도 없는데……."

이들의 식사는 최고의 호텔에서 주방장이 직접 관리하여 만드는 고급 도시락을 사용했다.

워낙 많이 옮겨 다니는 이들이기 때문에 대부분 도시락으로 끼니를 해결하는데, 화수는 먹을 것에 아주 많이 신경 쓰는 편이었다.

타지에서 먹을 것을 제대로 못 먹으면 얼마나 서러운지 너무나도 잘 알고 있기 때문이다.

분명 음식에는 이상이 없을 터였다.

청진기로 진단하던 그는 고개를 가로저었다.

"안 되겠습니다. 병원으로 가서 정밀 진단을 받아봐야 할 것 같습니다."

"정밀 진단이요?"

"아무래도 단순한 식중독이 아닌 것 같아요."

"식중독이 아니라면……."

"뭐, 여러 가지 이유가 있겠지요. 아무튼 지금 당장 인근 병원으로 옮깁시다. 어서요!"

피트크루와 메카닉들이 잭키를 들것에 실어 팀 밴에 옮겼다.

*   *   *

사색이 되어버린 잭키는 숨을 헐떡거리며 병원을 찾았다.

그는 다 죽어가는 상황에서도 이틀 후에 있을 대회를 걱정했다.

"제, 제가 쓰러지면 도대체 드라이버는 누가 합니까?"

"걱정하지 말고 일단 치료나 잘 받읍시다."

화수는 그를 애써 진정시키고 CT와 MRI 등을 촬영했다.

그리고 마지막으로 위 내시경까지 거친 후에야 의료진은 그의 병명에 대해 설명했다.

"아니사키스(Anisakis)네요."

"회충?! 도대체 이 사람이 뭘 먹었기에 회충에 감염된단 말입니까?!"

팀 닥터인 조슈아 캐럿은 난리를 쳤고, 화수와 팀원들은 고개를 갸웃거렸다.

"회충? 지금 저 사람이 뭐라고 하는 겁니까?"

"흔히 고래회충이라 불리는 녀석입니다. 생선의 위장에 알 형태로 있다가 숙주가 죽으면 부화하여 근육으로 옮겨가지요. 잘못하면 위에 천공이 생길 수도 있는 무서운 놈입니다. 하지만 60도 이상의 열에 닿으면 즉시 죽어버립니다. 때문에 익힌 고기에는 기생할 수가 없지요."

"으음, 그렇다면 연어가 문제인 것일까요?"

"연어는 냉동이니까 잘하면 기생했다가 옮겨왔을 수도 있겠군요."

"으음."

"하지만 연어도 대부분 훈제를 하지 않습니까? 그런데도 죽지 않는다고요?"

"그러게 말입니다. 뭔가 좀 이상한데……."

가만히 대화를 듣고 있던 맥이 말했다.

"고래회충이라면 저도 가끔 봅니다. 한데 녀석들은 싱싱한 고기에는 기생하지 않아요. 대부분 알 상태로 내장과 함께 버려지지요."

"그럼 어떻게 된 것일까요?"

"만약, 아주 만약에 말입니다. 어떤 사람이 살아 있는 회충을 연어에 풀어놓았다면 얘기가 됩니다."

"연어에 회충을 풀어두었다?"

"훈제 시 온도가 높지 않아서 그럴 수도 있겠지만 연어는 잡는 즉시 내장을 제거하기 때문에 회충이 살기엔 그리 적합하지 않아요. 하지만 이미 죽어서 훈제하여 살짝 익힌 연어회라면 기생할 가능성도 있지요."

"그러니까 기생충이 자생할 수 있는 여건은 이미 갖추어졌으니 회충만 풀어두었을 것이다?"

"뭐, 어디까지나 제 상상력에서 비롯된 얘기입니다만, 그럴 가능성은 얼마든지 있지요."

화수가 고개를 돌려 두 의사를 바라보자 그들 역시 고개를 끄덕였다.

"회충의 특성상 그럴 수 있습니다. 어차피 놈들이 필요한 것은 기생이 가능한 숙주니까요. 하루 이틀이라면 살에 붙어 기생할 수도 있어요."

"으음."

"아무튼 지금 브라이언트 선수의 경우엔 상태가 심각합니다. 열 마리가 넘는 회충이 위 속에서 꿈틀거리고 있단 말입니다."

"허, 허어!"

"당장 수술을 하지 않으면 생명에 지장이 있을 수도 있습니다."

"이런 빌어먹을!"

"그렇다면 다음 경기는 어떻게 되는 겁니까?"

"아무래도 당장 수술을 해야 하는 상황에서 경기를 진행하는 것은 무리가 있지 않을까 싶습니다만. 내시경으로 보니 알까지 있는 것 같은데요."

"도대체 누가……."

"여하튼 빨리 입원시키시는 것이 좋겠습니다."

이윽고 의사는 밖으로 나가 버렸고, 잭키는 이를 악물었다.

"그냥 위를 드러내 버리고 말겠습니다! 이대로 그랑프리를 포기할 수는 없어요!"

"하지만……."

"제기랄!"

화수는 실의에 찬 그에게 한 가지 방법을 제시했다.

"방법이 아주 없는 것은 아닙니다."

"방법이 있습니까?"

"될지 안 될지는 몰라도 시도는 해볼 만합니다."

"그, 그게 뭡니까?"

"일단 1인실로 옮깁시다. 그리고 나서 설명해 드리겠습니다."

"알겠습니다."

의료진은 잭키를 1인실로 옮겼다.

*   *   *

찬미는 일전에 화수가 초소형 마도병기를 개발했다는 사실을 알고 있었다.

하지만 그것을 과연 인체에 투입시켜 아무런 타격 없이 회충을 죽일 수 있을지는 의문이다.

"가능할까요?"

"정교한 컨트롤이 필요하겠지요. 하지만 불가능한 것은 아닙니다. 우리는 마도학자잖습니까?"

"그건 그렇지만……."

화수는 더 이상 미룰 수 없었다.

"시도라도 해봅시다. 잘못하면 이 사람이 위독해질 수도 있어요."

"알겠어요. 하지만 한번 시도는 해보지요."

그는 팀원들을 모두 밖으로 내보내고 찬미와 단둘이 병실에 남아 회충을 제거하기로 했다.

찬미는 화수가 만든 초소형 기계인형을 개조하여 회충을 제거하기 가장 적합한 형태로 만들었다.

그것은 날카로운 집게와 마이크로 모터가 달린 작은 살상 무기였다.

위이이이잉.

캡슐에 싸여 위로 내려간 초소형 기계인형은 등에 달린 카메라로 화수와 시선을 교환했다.

그리고 마치 초소형 기계인형이 된 듯 인형을 자유자재로 움직이며 회충을 찾아 내려갔다.

찬미는 그런 그에게 지속적으로 마나를 공급하여 집중력이 흐트러지지 않도록 했다.

시선을 교환하는 동시에 초소형 기계인형을 움직인다는 것은 상당히 어려운 일이다.

때문에 지속적으로 마나를 공급해 주지 않으면 자칫 연결이 끊어질 수도 있다.

"내려갑니다."

"네."

"이제 식도를 지나서 위로 향할 겁니다. 마나를 조금 더 주입해 주세요."

"네."

우우우웅.

잭키는 잠에 빠져 있었고, 화수는 그가 깨지 전까지 이 모든 작업을 완료할 계획이다.

지금보다 더 많은 사람이 마도학의 존재를 알아선 안 된다는 것이 그의 생각이었다.

식도를 타고 내려간 캡슐에서 초미니 기계인형이 그 모습을 드러냈다.

서걱!

캡슐을 뚫고 밖으로 나온 기계인형은 위를 헤집고 다니는 열 마리의 회충과 마주했다.

꿈틀!

"징그러운 놈들, 아주 말미잘처럼 꿈틀거리는군."

"잡을 수 있을까요? 놈들은 5㎝가 넘어요."

"괜찮습니다. 저에겐 마법이 있으니까요."

화수는 자신의 마나코어와 기계인형의 마나코어를 연결하여 원격으로 마나코어를 작동시켰다.

우우우우웅!

기계인형의 가슴 부분과 등 아래쪽에 달려 있던 마나코어가 반응하면서 작은 스파크를 일으켰다.

움찔!

그때마다 잭키의 몸이 움찔거리긴 했지만 잠에서 깨어나 지는 않았다.

"좋습니다. 첫 타깃을 제거하겠습니다."

화수는 마나코어에서 마나를 분출하여 초미니 라이트닝볼 트를 만들어냈다.

치지지지직! 팟!

꾸웨에엑!

회충은 단 일격에 몸을 비틀거리며 죽어버렸다.

하지만 녀석이 꿈틀거리는 바람에 초소형 기계인형이 타 격을 입었다.

"크윽! 더러운 녀석!"

"괜찮으세요?"

"괜찮아요."

시선을 교환했기 때문에 녀석의 타격은 화수의 뇌리로 직 접적으로 다가왔다.

점시 비틀거린 화수는 이내 다시 전열을 가다듬고 다음 타 깃을 노렸다.

"후우, 쉽지 않겠군."

다음 타깃은 무려 크기가 10㎝에 달하는 괴물이었다.

초소형 기계인형보다 무려 열 배나 큰 녀석을 어떻게 상대할지 참으로 난감한 화수이다.

"어쩔 수 없다!"

그는 마나코어의 하부에 마력을 집중시켜 프로펠러의 출력을 최대로 높였다.

휘이이이이잉!

"간다!"

채앵!

화수는 초소형 기계인형의 팔에 불의 기운을 불어넣었다.

그러자 날카로운 팔이 뜨겁게 달아오르며 순간적으로 엄청난 온도를 만들어냈다.

"으음!"

자꾸만 뒤척이는 잭키. 화수는 더 이상 지체했다간 사달이 날 것임을 직감했다.

'단숨에 승부를 보는 수밖에!'

흰색 회충의 머리 부분으로 예상되는 지점에 안착한 화수는 그대로 프로펠러를 회전시켜 몸을 통과해 버렸다.

촤라라라락!

끄이에에에!

단 일격에 초대형 회충을 죽이긴 했지만 아직도 여덟 마리나 남은 상태다.

화수는 이대론 절대로 제거하기가 불가능할 것임을 직감
했다.

'기왕지사 시작했으니 끝을 보자!'

그는 초미니 기계인형에게 블러디러스트 마법을 시전했
다.

슈가가가가각!

블러디러스트는 생명을 가진 물질을 모두 빨아들여 한 곳
으로 응집시키는 살상 마법이다.

잘못하면 위 벽에 있는 이로운 물질과 백혈구까지 모두 죽
일 수도 있었다.

하지만 그보다 훨씬 더 부피가 큰 회충들이 먼저 빨려들 것
이니 충분히 가능성이 있었다.

'크윽!'

마나코어에 조금씩 금이 가고 있고, 화수는 기계인형의 수
명이 얼마 남지 않았음을 직감했다.

"빌어먹을!"

"힘을 내세요!"

이마에 식은땀을 흘리며 집중하던 화수는 이내 남은 마나
를 모두 폭발시켰다.

'죽어라!'

촤라라라라락!

단 일격에 남은 여덟 마리를 모두 제거한 화수는 곧바로 그 자리에 털썩 주저앉아 버렸다.

"허억, 허억!"

"괜찮으세요?"

"후우, 괜찮습니다. 하지만 아직 알을 제거하지 못했어요. 시신도 수습하지 못했고요."

"그건 제가 알아서 할게요. 사부님은 옆에서 조금 쉬고 계세요."

"알겠습니다. 부탁 좀 할게요."

"별말씀을요."

그녀는 여분으로 준비한 초소형 기계인형을 잭키의 몸속으로 투입시켰다.

*　　　*　　　*

내시경으로 살펴본 결과, 위 속에는 아무것도 남아 있지 않다는 것을 알 수 있었다.

의사들은 놀라움을 금치 못했다.

"이, 이게 도대체 어떻게 된 일인지……."

"진땀 좀 뺐지요. 어떻습니까? 대회에 나가도 되겠어요?"

"위장만 깔끔하게 회복하면 충분히 가능성이 있습니다. 하지만 기력을 회복해야 합니다."

"알겠습니다. 아무튼 영양 상태만 좋다면 충분히 대회에 나갈 수 있다는 소리지요?"

"그렇습니다만 이게 대체……."

화수는 놀라는 의료진을 모두 병실에서 내보냈다.

"아무튼 알겠습니다. 이만 나가주시지요."

"으음! 알겠습니다. 혹시 이상이 생기면 곧장 연락 주십시오."

"예, 알겠습니다."

그는 의사들을 내보내고 난 후 곧장 링거에 마나코어 가루를 섞어 흘려보냈다.

촤르르르릉!

푸른색으로 반짝거리는 이 물질이 몸을 타고 흐르면서 그의 건강을 회복시킬 것이다.

그렇게 된다면 내일쯤이면 다시 서킷에 복귀할 것이고, 정상적으로 경기를 치를 수 있게 될 것이다.

"다행이구나."

화수는 그의 몸에 링거를 투여하며 한시름 덜었다는 듯 안도의 한숨을 내쉬었다.

이윽고 잭키가 눈을 떴다.

"으음, 사장님?"

"깨어났군요."

"어떻게 되었습니까?"

"잘되었습니다. 이제 내일부턴 트랙에 다시 나갈 수 있게 되었어요."

"저, 정말입니까?!"

"네, 물론이지요. 챔피언에 되겠다는 열의는 꺾을 수 없었나 봅니다."

"하하, 하하하!"

그는 기뻐하는 잭키에게 절대 안정을 권유했다.

"하지만 적어도 오늘 하루는 쉬어야 합니다. 아시겠죠?"

"알겠습니다."

잭키가 다시 몸을 누이려는데 그의 딸 미쉘이 병문을 열고 들어섰다.

드르륵.

"아, 아빠!"

"미쉘?!"

"흑흑! 아빠, 많이 아파?"

그는 딸의 머리를 매만지며 미소를 지었다.

"괜찮아. 저분이 아빠를 깨끗하게 치료해 주었단다."

미쉘은 화수에게 꾸벅 고개를 숙여 보였다.

"고마워요. 정말 고마워요. 난 아빠가 꼼짝없이 죽는 줄 알았어요."

"하하, 그 정도로 심각한 상황은 아니었는데……."

그녀는 화수의 뺨에 입을 맞추었다.

쪽!

"고마워요. 하지만 제가 할 수 있는 일이 이것밖에 없네요. 아직 어리고 가진 것이 없어서……."

화수는 속으로 실소를 흘렸다.

'영특한 아이구나.'

그런 그를 바라보는 잭키의 얼굴에도 비슷한 미소가 피어올랐다.

이번에는 화수가 미쉘에게 고개를 숙였다.

"고마워. 아저씨가 아빠와 함께 일할 수 있도록 힘을 주어서."

"내가요?"

"네가 없었다면 아빠가 이 자리까지 올 수 없었을 거야. 나도 그렇고."

"아아……."

그는 이제 자리를 피해주기로 했다.

"아무튼 난 이만 가보겠습니다. 내일 다시 뵙지요."

"네, 감사합니다."

화수는 병실을 나서며 복도 끝에 서 있는 제니를 발견했다.

그녀 역시 화수에게 작게 고개를 숙여 보였다.

화수는 가볍게 목례로 답하곤 이내 병원을 나섰다.

*　　　　*　　　　*

화수의 지시로 회충을 집어넣었을 것으로 예상되는 호텔을 찾은 리처드는 황당한 상황과 마주했다.

그는 연어샐러드를 먹고 회충에 감염됐다며 정식으로 항의했지만 호텔은 오히려 적반하장으로 무고죄를 논했다.

무려 7성급 호텔의 주방장 입장에서야 충분히 그럴 수도 있겠지만 리처드는 그들의 태도가 너무 고깝게 느껴졌다.

"빌어먹을 자식들이군."

그는 도무지 안 되겠다 싶어 절친인 로이드를 소환했다.

방금 한국에서 입국한 그는 전후 사정을 듣고는 이내 이를 갈았다.

"개새끼들, 아주 죽고 싶어 환장한 모양이군."

"아무튼 확실한 증거를 잡기 전까지는 더 이상의 난동은 금물이야. 우리가 직접 증거를 잡자."

"좋지."

두 사람은 가장 먼저 호텔의 중앙제어실을 점거하기로 했다.

보안이 탄탄하다고 알려진 호텔이었지만 지금까지 그들이 한 잠입에 비하면 조족지혈이었다.

환풍구를 통해 직접 중앙제어실을 점거한 리처드와 로이드는 관련자들을 깊은 잠에 빠지도록 만들었다.

중앙제어실 환풍구에서 거꾸로 몸을 내밀어 마취총을 겨눈 리처드는 정확하게 네 명의 보안요원을 차례대로 쓰러뜨렸다.

팟팟팟팟!

"크윽!"

"흐아암."

즉시 잠에 빠져버린 보안요원들을 락커룸에 가두어 버린 두 사람은 빠르게 중앙감시카메라를 점거했다.

타다다다다닥.

"오케이. 접속 완료."

"그럼 나는 이제 식당으로 내려갈게. 무전으로 서포트해 줘."

"알겠어."

귀에 무선 이어마이크를 낀 리처드는 직접 두 눈으로 식자재를 확인하기 위해 주방으로 향했다.

호텔의 심장부라고 할 수 있는 주방도 새벽에는 운영하지 않았다.

그렇기 때문에 미등만 켜져 있고 상주하고 있는 인원은 아무도 없었다.

"좋군."

냉장고 문을 연 그는 연어를 비롯한 대형 생선들을 차례대로 확인해 나갔다.

그러다 문득 아주 큰 알레스카산 연어를 발견했다.

"오호라, 여기 있군."

그는 생선을 통째로 꺼내어 그 내부를 확인해 보았다. 하지만 이렇다 할 특이점은 발견하지 못했다.

그는 몇 마리의 생선을 더 갈라보았지만 상태가 워낙 좋아서 탈을 일으킬 것 같지는 않았다.

"관리 상태는 양호하군."

─그럼 뭐가 문제인 걸까?

"아무래도 다른 놈이 표기된 VIP 식단을 건드린 것이겠지."

호텔에는 VIP에게 전달하기 위해 따로 식단을 짜놓기 때문에 충분히 일정 타깃을 겨냥할 수 있었다.

─CCTV를 죄다 훑어볼까?

"그러자고. 기왕이면 출입일지까지 전부 다."

─알겠어. 일단 철수하자.

그는 로이드를 따라 다시 중앙제어실로 향했다.

　　　　*　　　　*　　　　*

　중앙제어실에 들어선 그는 로이드가 해킹한 영상을 바라보며 고개를 갸웃거렸다.

　"저 새낀 또 누구야?"

　"아무래도 외주 업체의 직원인 것 같아."

　"으음."

　"출입일지를 살펴보니 새벽에 들어온 것 같더라고. 저놈이 확실해."

　영상에는 한 청년이 밀봉 용기를 들고 주방으로 들어서고 있었다.

　그리곤 이내 밀봉 용기의 뚜껑을 열어 정체 모를 물질을 연어에 투입했다.

　"여기다."

　"오케이. 잠시만."

　화면을 멈춘 로이드는 그 화면을 다시 확대하여 복구시켰다.

　비록 호텔에 있던 원본은 아니지만 복사하여 복구하면 충분히 화질을 높일 수 있었다.

　로이드는 청년이 들고 있는 것이 미생물을 배양하는 밀봉 용기라는 것을 알아챘다.

그리고 그 안에는 실처럼 생긴 회충들이 득실거리고 있었다.

"아마도 저 안에서 살아남은 녀석들이 딸려 들어간 것이겠지. 일부는 알이었다가 부화한 것이겠고."

"으윽! 비위 상해."

"큭큭, 하여간 계집애 같아서는."

로이드는 더 이상 못 보겠다는 듯이 고개를 돌렸다.

"아무튼 저놈을 잡아야 해. 회사가 어디에 있다고 했더라?"

"여기서 얼마 되지 않아. 족치면 뭔가 나오겠지."

"좋아, 어서 가자고."

두 사람은 말레이시아 쿠알라룸푸르 시가지에 위치한 식품회사로 향했다.

6장

흑막을 밝히다

　말레이시아 식자재 수입회사 커이튼은 알레스카에서 연어를 직수입하여 호텔에 납품하는 업체다.

　그렇다 보니 호텔 직원들과 안면도 있고 친분도 깊었다.

　지하실에 갇힌 커이튼의 배달사원 카마루딘 조하리 역시 호텔의 주방과는 떼려야 뗄 수 없는 사이였다.

　조하리는 눈덩이가 새파랗게 멍이 들 정도로 두들겨 맞고는 로이드와 리처드에게 모든 것을 털어놓았다.

　"돈을… 돈을 많이 줬습니다."

　"얼마나?"

"현금으로 5천 달러요."

"미국 달러로 5천 달러?"

"네."

"겨우 5천 달러 때문에 사람에게 그런 짓거리를 했단 말이야? 고래회충 때문에 그 사람은 위에 천공이 생겨 죽을 뻔했대. 알고 있나?"

"흑흑, 저는 정말로 몰랐어요! 그냥 배만 조금 아프고 말 거라고 했단 말이에요!"

"위에서 발견된 회충이 열 마리에 그중에는 10㎝가 넘는 놈도 있었어. 어떻게 생각해?"

"흑흑!"

"자, 내가 기회를 줄게. 너는 이번 기회를 통해 개과천선해서 열심히 살아갈 수도 있고 경찰서에서 몇 달을 썩을 수도 있어. 아니, F1 그랑프리를 망칠 뻔했으니 그 배상금 때문에 평생 콩밥을 먹을 수도 있겠군."

"그, 그것만큼은 안 됩니다! 제겐 처자식이 있습니다! 제, 제발……."

쾅!

로이드는 그가 앉아 있던 의자의 다리를 걷어차 버렸다.

"으윽!"

"이런 개새끼를 보았나? 그 사람도 한 아이의 아빠야! 너만 자식이 있는 줄 알아?!"

"죄, 죄송합니다!"

"네 새끼가 소중하면 남의 새끼도 소중한 줄 알아야지!"

"죄송합니다!"

리처드는 눈물을 흘리고 있는 그에게 다가가 녹음기를 들이댔다.

"지금부터 내가 하는 말을 잘 들어. 네가 살 수 있는 길은 오로지 우리 형님께 사죄하고 죽을 뻔한 사람에게 도리를 다하는 길뿐이다. 그러니 다른 사람은 아예 신경 쓰지 마라. 그건 우리가 알아서 할 테니."

"저, 정말입니까?"

"물론."

"후우! 알겠습니다. 증언할게요."

"내가 녹음기를 틀면 너는 사실만을 얘기하는 거다. 하지만 만약 내가 알아봐서 하나라도 틀린 것이 있다면 너와 너희 식솔들은 다 내 손에 죽는다. 내 특기가 뭔 줄 알아?"

"모, 모릅니다."

"살인멸구다. 특히나 나와 내 식구들의 앞길을 막는 놈들은 아주 철저하게 그 흔적을 지운다. 아마 네 아들들과 아내는 끔찍한 고통 속에서 몸부림치다 숨을 거두겠지. 그리고 시신은 처참히 훼손되어 죽어서도 장례를 치르지 못할 거다. 내

말 알아듣나?"

리처드의 경고에 그는 자동적으로 고개를 끄덕였다.

"아, 알겠습니다."

"좋아, 이제부터 증언을 시작한다. 그리고 그에 앞서 네가 한 모든 증언이 사실이라는 것을 입증할 각서를 쓰고 녹음에도 그것을 남기도록."

"예, 그렇게 하겠습니다."

그는 리처드가 시킨 대로 진술하기 시작했다.

*　　　*　　　*

화수는 동생들이 가지고 온 녹취 음성을 듣고는 분개하는 심정을 감추지 못했다.

—…라히인트 사의 빌 라히인트 이사가 돈을 주며 시킨 겁니다. 그러니…….

"이런 개새끼들을 보았나?! 멀쩡히 잘살고 있는 우리를 왜 건드리는 거야?!"

"아무래도 라히인트 팀이 해체 수순을 밟고 있기 때문이겠지요. 현재 라히인트 그룹은 팀의 연패를 감당할 자금 여유가 없다고 들었습니다. F1이 한두 푼 들어가는 스포츠가 아니지 않습니까?"

"그래서 이런 말도 안 되는 짓거리를……."

"아마 놈들은 우승을 위해서라면 더한 짓도 할 겁니다. 라히인트 레이싱 팀은 빌 라히인트에겐 영혼과도 같은 것이라고 했거든요."

빌 라히인트는 F1 그랑프리 때문에 회사의 승계조차 박차고 팀의 운영에 매달린 기업인이다.

그는 스스로 구단주와 최고 투자자를 자처하며 점점 쇠퇴하는 팀을 살리기 위해 안간힘을 썼다.

그런데 뜻밖에도 신성들이 나타나 도약을 방해하니 열이 받을 만도 했다.

"개새끼들! 어떻게 하면 좋지?"

"어차피 사라질 팀, 단물이나 좀 빨아먹고 버리지요."

"단물이라……. 그럴 여력이 남아 있을까?"

"썩어도 준치라고 했습니다. 털어보면 먹을 것이 많이 떨어질 겁니다."

로이드는 그의 그룹이 가지고 있는 영향력을 이용해 뭔가 일을 도모하는 것도 나쁘지는 않다고 생각했다.

"어차피 팀이 해체되면 그 기반은 공중에 붕 뜬 상태가 됩니다. 그것을 공짜로 인수하시지요. 이대로 스캔들에 휩싸이는 것보다는 나은 선택이라고 생각할 겁니다."

"값이 꽤 나갈 텐데?"

"운영비가 많이 들어서 그렇지 팀 자체는 그렇게 비싸지 않을 겁니다. 더군다나 브랜드 값이 땅으로 떨어진 놈들인데요."

"으음, 그건 그렇지."

"회장과 직접 딜을 해보십시오. 그편이 깔끔하고 나을 겁니다."

"알겠어. 이번 레이스가 끝나면 회장과 직접 대화해 보도록 할게."

"그렇게 하십시오. 저희는 팀을 흡수해서 다시 되팔 수 있는 방안을 마련해 보겠습니다."

"부탁할게."

"별말씀을요."

화수와 동생들은 팀을 분해하여 팔아치울 궁리에 빠져들었다.

*　　　　*　　　　*

4월 초, 드디어 완연한 봄기운이 물씬 풍겨오고 있다.

화수는 라히인트 사가 있는 독일로 향했다.

소시지와 맥주의 고장인 독일에선 각가지 축제로 들썩이고 있었지만 라히인트 사는 그야말로 초상집 분위기였다.

F1 그랑프리로 그룹의 이미지와 이득을 한 번에 잡으려던 그들은 신생 팀인 브레멘 탓에 모든 것이 물거품으로 돌아갔기 때문이다.

현재 그들의 스코어는 최하위이고 레이서들의 역량 또한 브레멘에 한참을 못 미친다는 것이 전문가들의 평가였다.

올해 말에는 그룹에서 애지중지하던 팀을 팔아치워야 할 위기에 놓인 것이다.

한 해에 레이싱으로 쏟아붓는 자금이 무려 4억 5천 달러인 것을 감안하면 그야말로 엄청난 손실이라고 할 수 있었다.

라히인트 현 회장 미하엘 라히인트는 이제 더 이상 동생의 취미 생활에 이 많은 돈을 투자할 생각이 없었다.

동생에게도 그런 말을 분명히 전한 바가 있지만 그는 도무지 말을 들으려 하지 않았다.

팀 매각 문제로 라히인트 그룹 본사를 찾아온 화수를 바라보며 미하엘은 심각한 표정을 지었다.

"우리 팀을 물 먹인 장본인이 그 심장부를 찾아오다니, 이건 도무지 뭐라고 해석해야 할지……."

"별것 없습니다. 그냥 줄 것 주고받을 것 받겠다는 것이니까요."

"뭐요? 무슨 말도 안 되는 소리를 하는 거요?"

"참, 이렇게 발뺌을 하시면 안 되지요. 당신 때문에 내가 물먹을 뻔했다는 것을 생각하면 아직도 치가 떨리는데."

"도대체 무슨 소리를 하는 건지⋯⋯."

화수는 싸늘하게 가라앉은 목소리로 말했다.

"자꾸 그러실 겁니까? 내가 말입니다, 목숨을 걸고 키운 드라이버를 잃을 뻔했어요. 그것도 아주 황당한 방법으로 말입니다."

"자꾸 말도 안 되는 소리를⋯⋯!"

그는 탁자 위에 조하리의 증언이 담긴 녹음기를 올려두었다.

"한번 들어보시지요."

이게 도대체 무슨 일인가 싶어 녹음기를 재생시킨 그는 화들짝 놀랄 수밖에 없었다.

그 안에 동생이 무슨 일을 저질렀는지 상세하게 담겨 있었기 때문이다.

"이, 이런 말도 안 되는 일이 다 있나?!"

"왜 모른 척을 하십니까? 한 기업의 회장이나 되시는 양반이."

"나, 난 정말 모르는 일입니다!"

"그럼 이 사람의 증언은 뭐란 말입니까? 없는 말을 지어내기라도 했단 말입니까?"

"모, 모함입니다!"

"모함이라……. 이 증거들을 가지고 법정으로 한번 나가볼까요? 그때도 모함이라고 할 수 있을지 말입니다."

"아아……!"

"아참, 그리고 동생분이 팀에 대한 애착이 아주 강하신 것 같더군요."

미하엘은 머리가 지끈거리는 듯 관자놀이를 지그시 눌렀다.

"후우, 그 녀석이 또 사고를 친 모양이군요. 미안하게 되었습니다."

"미안하다는 말로 일이 해결될 것 같으면 경찰서는 왜 있고 법원은 왜 있겠습니까?"

"나에게 바라는 것이 뭡니까? 돈입니까?"

화수는 고개를 가로저었다.

"아니요. 저는 팀 라히인트를 바랍니다. 어차피 매각하려던 것, 그냥 저에게 넘기시죠."

"으음."

"어차피 깡통만 남은 팀, 그냥 버린다고 생각하시죠. 그게 회장님 심신에도 좋을 것 같습니다만……."

만약 미하엘의 F1에 대한 애착이 동생처럼 강했다면 결코 팀을 넘기지 않았을 것이다.

하지만 그에게 지금 팀 라히인트는 그야말로 골칫거리, 오히려 화수가 쓰레기를 치워주는 격이다.

"뒤통수를 후려 맞은 기분이군요."

"앓던 이를 뺐다고 생각하십시오."

"뭐, 그건 그렇습니다만……."

"동생에게 억지로 팀을 빼앗는 것보다는 저와 엮어서 팀을 그냥 넘겨 버리면 속은 편하실 것 아닙니까? 저는 이 사건을 덮는 것으로 마무리할 것이고요."

이 사건이 법정 공방으로 넘어가는 것은 잭키의 입장에서도 그리 썩 달가운 일이 아니었다.

법원이라는 것이 심력을 소비하게 만드는 경향이 있기 때문에 어지간하면 법원과 경찰서는 드나들지 않는 것이 좋았다.

레이싱에 집중하는 그를 위해서라도 적당한 처벌과 함께 사건을 덮어버리는 것이 신상에 이로울 것이다.

"어때요? 거래에 응하시겠습니까?"

"후우, 좋습니다. 이쯤에서 사건을 덮어주시겠다니 그렇게 해야지요."

"잘 생각하신 겁니다. 좋은 게 좋은 것이니만큼 더 이상 잡음은 발생하지 않도록 하겠습니다."

"…고맙습니다."

"그리고 이건 노파심에 드리는 말씀입니다만, 당신의 동생이 우리에게 다시 한 번 해를 끼친다면 그땐 절대로 가만있지 않을 겁니다."

"물론이지요."

"그럼 좋은 소식 기다리겠습니다."

"연락드리지요."

이내 화수는 자취를 감추어 버렸고, 미하엘은 살며시 눈을 감고 머리끝까지 올라온 열을 식혔다.

*　　　*　　　*

라히인트 본사.

그룹의 경영이사이자 F1 그랑프리 팀 라히인트의 구단주인 빌 라히인트가 회장의 집무실을 찾았다.

그는 회장실에 앉은 미하엘의 등에서 풍겨 나오는 분위기로 상황을 간파해 냈다.

"무슨 일이라도……."

"앉아라. 긴히 할 말이 있으니."

"아니, 괜찮으니까 서서 들을게."

"…앉으라면 좀 앉아."

미하엘의 조용한 다그침에 그는 어쩔 수 없이 소파에 몸을 기대고 앉았다.

어려서부터 형의 그늘 아래에서 자라온 그는 미하엘의 말이라면 무엇이든 따르는 동생이었다.

동생을 자리에 앉힌 미하엘은 딱딱하게 굳은 얼굴로 말했다.

"팀을… 매각해야겠어."

"뭐, 뭐?!"

형에게 꼼짝하지 못하는 그가 양보하지 못하는 것이 딱 하나 있었다.

그것은 바로 F1 레이싱 팀. 빌은 레이싱 팀을 자신의 영혼처럼 생각하며 돌보았다.

워낙 레이싱을 좋아하고 그에 대한 열정이 불같았기 때문에 전대 회장은 그의 취미 생활을 말리지 않았다.

하지만 이제 그 열정의 불씨를 끌 때가 왔다.

"아무리 형이라곤 하지만 내 구단이야! 해체도 내가……."

"그만, 그만! 내가 언제까지 네 뒤치다꺼리나 하고 다녀야 하는 거냐?"

"뭐, 뭐?!"

"이런 젠장! 나도 사람이다! 나도 감정이라는 것이 있단 말이다!"

미하엘은 동생이 보는 앞에서 자신의 책상에 있는 명패를 망치로 두들겨 부숴 버렸다.

퍽퍽퍽퍽!

"이딴 회장 자리, 네가 가져라! 난 필요 없으니!"

"혀, 형……."

"아버지가 돌아가시고 이 회사를 이끌어가는 사람은 오로지 나 하나였다. 네가 동생으로서, 또는 집안의 아들로서 한 게 도대체 뭐냐?"

"그, 그건……."

"레이싱에 미쳐서 집안에 있는 돈이란 돈은 다 내다 버리고 경영에는 아예 신경조차 쓰지 않았지."

"미, 미안."

"나도 이제 한계다. 더 이상 네 뒤를 봐줄 수가 없어. 네가 만약 레이싱 팀을 버리지 않겠다면 내가 너를 버리겠어."

"혀, 형!"

그는 급기야 자리에서 일어나 회장 자리에 있는 물건들을 하나하나 부수기 시작했다.

쾅쾅쾅쾅!

"그, 그러지 마! 그, 그만!"

"네가 정신을 차리지 않는다면 나도 같이 미치지, 뭐. 이제부터 우리 집안은 회사를 포기하는 거다."

마지막으로 데스크 탑까지 부수려던 그의 앞에 빌이 무릎을 꿇었다.

쿵!

"내, 내가 잘못했어. 그러니 그만, 그만해. 부탁이야."

그제야 미하엘이 망치질을 멈추었다.

"정말이냐?"

"무, 물론이지! 못 믿겠다면 각서라도 쓸게!"

미하엘은 기다렸다는 듯 책상 서랍에서 종이와 펜을 꺼내어 그의 앞에 내놓았다.

"좋아, 그럼 각서를 써라. 그리고 지장을 찍고 공증까지 받아와. 그럼 네가 원하는 대로 집안은 망하지 않아."

"아, 알겠어."

그는 형이 시키는 대로 각서를 작성하고 손가락을 깨물어 피를 냈다.

꽈득!

"자, 잘 봐. 피로 지장을 찍을 테니."

평소와 같았다면 피가 났다며 난리를 쳤을 미하엘이지만 그는 가만히 동생을 지켜볼 뿐이다.

드디어 미하엘은 더 이상 동생을 감싸고 품안에서 키우지 않겠다고 다짐했다.

그가 30대 후반까지 형에게 기대어 살아올 수밖에 없던 것은 모두 그의 그늘 때문이었다.

오늘 그는 자신의 잘못을 바로잡기 위해 눈을 질끈 감은 것이다.

약 5분 후, 더 이상 레이싱에 미쳐서 경영을 소홀히 하지 않겠다는 각서가 작성되었다.

"이, 이제 되었지?"

"공증을 받아와. 그 전까진 회사로 돌아올 생각도 하지 말고."

"알겠어."

풀이 죽은 동생을 뒤로한 채 미하엘은 회장 집무실을 나섰다.

* * *

4월 초, 말레이시아에서 열린 그랑프리에 팀 라히인트가 기권을 선언했다.

그들은 최소 상위 10% 안에 드는 강팀이었기 때문에 F1 팬들은 그야말로 충격에 빠지고 말았다.

하지만 우승이 아니면 죽음뿐인 냉철한 F1 기업가들의 눈에는 어쩌면 당연한 수순으로 받아들여졌다.

3차 그랑프리의 승자는 잭키 브라이언트로 불과 0.001초 차이로 트로피를 거머쥐었고, 고래회충 사건은 외신에 보도되지 않았다.

그리고 그랑프리 종료 3일 후, 팀 라히인트가 매물로 경매 시장에 나왔다.

하지만 이 만만치 않은 가격의 팀을 선뜻 인수하려는 기업은 나타나지 않았다.

엔진의 개발 성과나 현재 팀이 보유하고 있는 머신들의 값을 지불하고 팀을 인수했다가 적자의 늪에서 헤어 나오지 못할 수도 있기 때문이었다.

그러던 도중 라히인트 그룹은 화수의 이수자동차를 우선 협상 대상자로 지정하고 매매 계약을 채결했다.

라히인트는 현재 그들이 보유하고 있는 자산 전부를 넘기고 오로지 30개의 엔진만 자신들이 갖기로 했다.

엔진은 다시 F1 그랑프리 머신 시장에 나와 절반 값에 팔릴 예정이고, 화수는 머신의 차체와 팀의 기반을 모두 인수했다.

3천만 달러에 팀을 인수하고 선수들의 연봉 지불까지 떠안게 되긴 했지만 이수자동차의 팀 인수는 업계에 큰 파장을 불러일으킬 것이다.

물론 3천만 달러라는 돈은 오간 적 없이 오로지 그런 척만 했을 뿐이다.

화수는 팀을 완전히 무료로 인수하고 그에 들어가는 비용과 연봉 지불만 자신이 떠안기로 한 것이다.

이제 화수는 이 팀을 잘 가지고 있다가 팀 브레멘이 최종 우승 엔트리에 오르면 즉시 매각 공고를 낼 것이다.

팀의 가치는 우승에 따라 결정되기 때문에 모회사의 우승은 자회사의 가격 결정에 아주 큰 영향을 미칠 것이다.

로이드와 리처드는 암암리에 팀을 매입하겠다는 사람들을 찾아다니며 조건을 맞춰보는 중이다.

지금 팀을 매입하겠다고 나선 사람들은 대부분 대기업의 네임드보다는 암흑가의 엄청난 자금을 가진 사람이었다.

그들은 팀을 매입하는 조건으로 대기업의 이름을 대여하여 팀을 출범시키길 원했다.

한마디로 그들이 팀을 매입하게 되면 돈이 몇 배로 드는 셈이지만 암흑가 대부호들에게 그런 자금쯤은 아무것도 아니었다.

미국 샌프란시스코에서 골동품 암 경매나 마약 밀매 등으로 수십 억 달러를 벌어들인 안드레아 말코비치는 팀에 대한 관심이 특히나 높았다.

로이드와 리처드는 그의 대저택을 방문하여 직접 가격을 조율하기로 했다.

산 하나를 모두 저택으로 만든 안드레아는 부동산도 상당히 많이 소유하고 있었다.

쿠바나 남아공 등지에 수억 달러 가치의 부동산을 가지고 있음은 물론이고 화교들에 섞여 제주도 땅까지 소유하고 있었다.

그런 그라면 F1 팀을 운영하는 데 큰 부담을 느끼지 않을 것이다.

지금은 3천만 달러의 가치를 지닌 팀이지만 그에게 팔리면 족히 몇 배는 뛸 것이 분명했다.

안드레아의 저택 중앙에 위치한 거대한 월계수 나무 아래에 마련된 정자에 도착한 로이드와 리처드는 그에게서 술잔을 하나씩 받았다.

"마시게."

"고맙습니다."

올해로 일흔이 된 그는 두 사람에게 있어선 거의 아버지뻘 되는 사람이다.

그런 그의 앞에서 버릇없이 굴 수는 없었다.

때문에 존대라곤 거의 쓰지 않는 리처드도 조용히 술잔을 받아 넘기고 있다.

"그래, 내가 말한 가격에 대해선 생각을 좀 해보았나?"

"조금만 더 쳐주시지요."

"시가의 세 배를 주어도 모자라다?"

"저희는 팀의 기술력은 물론이고 선수들까지 회장님께 드릴 겁니다. 숨겨져 있는 팀의 잠재력을 생각하면 싸게 드리는 겁니다."

"허허, 젊은 청년들이 욕심이 아주 많군."

"욕심이 있어야 사업도 하는 것 아니겠습니까?"

바로 그때였다.

철컥!

무려 스무 개나 되는 권총의 총구가 두 사람을 향해 겨눠졌다.

"욕심이 너무 지나치면 목숨을 잃게 되는 법이라네. 자네들의 보스에게서 배우지 못했는가?"

"글쎄요. 저희는 두려움이라는 것을 배운 적이 없어서 말입니다."

리처드는 자리에서 일어나 그의 앞에 놓아둔 가방을 다시 챙겼다.

"좋습니다. 거래는 없던 것으로 하지요."

"뭐라?"

"머리에 총을 겨누는 사람과 무슨 거래를 하겠습니까? 이렇게 목숨을 위협받으면서 거래하느니 그냥 우리가 직접 팀을 운영하는 것이 낫겠습니다."

리처드의 초강수에 안드레아가 너털웃음을 터뜨렸다.

"허허, 허허허! 정말 겁이 없는 청년들이군."

"젊어서 그렇겠지요."

안드레아는 흥미로운 눈으로 두 사람을 바라보았다.

"자네들, 참 물건이군."

"과찬이십니다."

"총구를 거두어라."

"예, 보스."

이윽고 그는 리처드에게 손을 내밀었다.

"계약서를 주게. 서명하지."

"감사합니다. 현명한 결정이십니다."

"대신 나중에 트러블이 생긴다면 자네들은 정말로 죽은 목숨일세."

"여부가 있겠습니까?"

그는 계약서에 서명한 후 그들에게 무기명채권이 든 가방을 내밀었다.

"3개국에서 발행한 무기명채권 4천만 달러일세. 잔금은 정식으로 계약할 때 지급하도록 하지."

"알겠습니다. 저희도 정식으로 수속을 밟아서 다시 찾아뵙겠습니다."

"그렇게 하게나."

"그나저나 팀은 어떤 회사의 명의로 인수하실 요량이신지요?"

"미국의 AJ 인터내셔널이네."

"알겠습니다. 그럼 그렇게 준비하도록 하겠습니다."

"수고하게."

"감사합니다."

무사히 계약금을 받아내고 대저택을 나선 두 사람은 곧장 공항으로 향했다.

가까스로 목숨을 구하고 돌아가는 길. 로이드는 고개를 가로저었다.

"후우, 난 도저히 너와는 이제 못 다니겠어."

"큭큭, 왜?"

"이런 미친놈, 그걸 말이라고 하냐?"

천하의 로이드도 안드레아 앞에선 긴장하지 않을 수가 없었다.

그는 사악하기로 미국에서 두 번째 가라면 서러워할 사람이다.

세상의 온갖 못된 사람을 다 합쳐놓아도 그의 앞에서는 한수 접어줄 정도이다.

그런 그의 앞에서 주름을 잡다니 로이드는 심장이 터질 뻔했다.

"다음부턴 그런 말도 안 되는 거래는 제발 걸지 말자."

"큭큭큭! 요즘 담이 좀 작아졌네?"

"이런 미친놈아, 그런 상황에선 누구라도 담이 작아질 수밖에 없지!"

리처드는 장난기 어린 얼굴로 말했다.

"아니, 반대로 생각해 봐. 만약 우리가 그 자리에서 벌벌 떨었으면 계약서에 서명하고 자시고 할 것도 없이 그냥 죽었을걸."

"으음."

"그 노인네가 제값을 주고 계약하겠다고 한 것은 우리를 만만히 보지 않아서야. 세상에서 가장 무서운 놈이 독종이라는 것을 잘 알고 있는 게지."

"그래, 네 똥 굵다."

"큭큭!"

리처드는 아주 태연하게 일을 마쳤지만 더 이상 미국에 머물고 싶지 않았다.

"그나저나 어서 가자. 나도 저 노인네를 다시 보고 싶지는 않거든."

"큭큭! 당연하지."

두 사람은 뒤도 돌아보지 않고 미국 땅을 등졌다.

*　　　　*　　　　*

핀란드 중앙은행.

화수는 무기명채권으로 만들어낸 현금을 은행장에게 건넸다.

"맞나 확인해 보시지요."

"아, 예."

요즘 화수의 몸값은 그야말로 끝을 모르고 치솟는 중이다.

처음 이수자동차가 핀란드에 상륙했을 때, 그들은 당연히 화수가 실패할 것이라고 생각했다.

그것은 유럽 자체의 시장 장벽이 워낙 높고 그 허들을 넘다 자빠진 사람이 부지기수이기 때문이다.

하지만 화수는 그 벽을 넘고 이제는 자동차시장에 당당히 그 명함을 내밀게 된 것이다.

레드오션, 그 안에서 화수는 블루오션을 찾아냈다.

"자, 채무 관계는 이제 모두 끝난 겁니다. 그렇지요?"

"그, 그건 그렇지요."

화수는 슬그머니 미소를 지었다.

'감히 나를 옭아매려 했겠다.'

일찍이 화수가 유럽으로 진출할 때 저들이 이수자동차를 옭아매려 한다는 것을 모두가 다 알고 있었다.

빚으로 족쇄를 채워놓고 얼마나 오래갈지 시험하는 것이나 마찬가지였다.

화수는 빚을 다 탕감하고 나선 곧장 자리에서 일어섰다.

"그럼 저는 이만⋯⋯."

"벌써 가시는 겁니까?"

"빚쟁이가 돈 다 갚았으면 가야지요. 이곳에 남아서 뭘 어쩌겠습니까?"

"혹시 또 대출이 필요하시다거나⋯⋯."

"됐습니다. 그리고 이제는 굳이 핀란드가 아니라도 사업할 곳이 널렸습니다. 뭐 하러 이곳에 말뚝 박는 짓거리를 하겠습니까?"

이제는 은행 빚이라면 지긋지긋했다.

이수자동차 유럽지사를 핀란드에 설립했던 화수는 그 전신을 독일로 옮기기로 했다.

독일은 세계 최고의 자동차 제조업체들이 즐비한 곳으로, 현대식 자동차를 가장 먼저 생산한 곳이기도 하다.

또한 국민들의 기계적 프라이드가 상당히 높고 기계 자체에도 영혼이 있다고 믿는 종족이 바로 독일 국민이다.

화수가 본사를 독일로 정한 것은 앞으로 그가 자동차 산업을 이끌어나가는 데 있어 조금 더 유리한 고지를 점령하기 위해서이다.

자존심이 가장 높은 시장부터 공략해 나간다는 것이 바로 화수의 전략이었다.

핀란드에서는 비록 참패를 맛봤지만 그의 전략은 아주 적절히 들어맞았다.

요즘 유럽에는 하이브리드 열풍이 불어 닥치고 있기 때문에 연비 위주의 차량이 속속들이 출시되었다.

고연비와 고출력, 이 두 마리 토끼를 다 잡은 이수자동차의 제품들은 날개 돋친 듯 팔려 나갔다.

더군다나 포뮬러카를 자체 생산해 낸 이수자동차의 기술력은 거의 업계 탑을 향해 달리고 있다는 것이 기정사실이었다.

다만 아직까지 회사의 규모가 글로벌 기업들에 비해 조금 작다는 것이 흠이라면 흠이었다.

하지만 그 또한 이제 곧 깨질 전망이다.

화수는 체코 프라하에 위치한 세계적 물류기업 이스트케이프의 본사를 방문했다.

이스트케이프는 전 세계적인 물류기업으로 유럽은 물론이고 아메리카 지역까지 아우르는 다국적 기업이다.

이들의 영향력은 유럽과 아메리카 지역에 마치 거미줄처럼 엮여 있었지만 이른바 사장단 먹튀 사건으로 인하여 시장에 매물로 나오게 되었다.

화수는 F1 그랑프리에서 벌어들인 광고 수익과 라히인트사를 매각하여 벌어들인 자금으로 시가총액의 삼분의 일까지 떨어진 이스트케이프를 구매하기로 결정했다.

사장단이 현금과 기반시설 절반을 팔아먹고 잠적하긴 했지만 여전히 이스트케이프의 물류시설은 그 규모가 어마어마했다.

유럽 시장과 아메리카 시장을 공략해야 하는 화수의 입장에서는 아주 좋은 기회였다.

베네노아가 뒷조사를 해본 결과 이미 인수에 문제가 없음은 인증되었다.

그는 이스트케이프의 회장 요시프 팔레첵과 마지막 협상만을 남겨두고 있었다.

요시프는 9천만 달러에 회사를 매각하겠다고 했지만 화수는 계속해서 7천만 달러를 고수하고 있었다.

"으음."

연신 낮은 신음을 흘리고 있는 요시프에게 화수가 말했다.

"가격이 마음에 들지 않으시다면 다른 업체를 알아보시는 것도 괜찮을 것 같군요."

"7천만에서 한 푼도 양보할 생각이 없다는 소리요?"

"제가 이제 막 부채의 늪에서 빠져나온 사람이라서 말입니다."

덩어리가 큰 기업이니만큼 인수가 성사된다면 분명 화수에게 있어선 엄청난 이득이 될 것이다.

하지만 필요 이상으로 금액을 많이 지불한다면 또다시 빚더미에 앉을 수도 있었다.

그러니 지금 화수는 여유가 아닌 그저 한번 떠보기식 협상을 벌이고 있는 것이다.

요시프는 깊은 한숨을 토해냈다.

"후우! 내가 그리스 시장에서 참패하지만 않았다면 결코 이 가격에 매각하지 않았을 것이오."

"파시는 걸로 받아들여도 되겠습니까?"

그는 씁쓸한 표정으로 고개를 끄덕였다.

"별수 있겠소? 알거지로 거리에 나앉는 것보다는 낫겠지."

"잘 선택하신 겁니다."

계약서를 주고받는 동안 요시프는 그리스와 스페인 시장에 대해 얘기했다.

"그리스와 스페인에선 일찌감치 발을 빼는 편이 좋을 겁니다. 어차피 중역들 역시 사장단과 함께 잠적했으니 아는 사람이 없어 미리 말해주는 것이오."

"으음, 그렇게 경기가 좋지 않은가요?"

"내가 이렇게까지 된 것은 그리스 시장에서의 손해를 만회하기 위해 무리해서 사업을 확장했기 때문이오. 휘하의 사장단은 미리 이런 사태를 예견하고 있었지만 나는 그 충고를 무시했지. 그래서 이 꼴이 되어버린 것이라오."

"알겠습니다. 명심하지요."

요시프는 계약서에 자신의 이름을 적고 그 옆에 회사의 직인을 찍었다.

이로써 다국적 물류기업인 이스트케이프가 화수의 수중에 넘어오게 되었다.

"아무튼 내가 일군 회사를 올바른 청년이 인수했기만을 바랄 뿐이오."

"실망시키지 않도록 노력하겠습니다."

계약을 채결한 화수는 전 회장에 대한 예우로 깊이 고개를 숙였다.

7장

초대를 받다

　늦은 저녁, 화수는 하프문베이의 작은 어촌을 찾았다.

　이곳은 맥의 자택이 있는 곳으로, 최근에는 베이커리를 확장하고 집을 증축하느라 정신이 없다고 했다.

　제1 그랑프리 때부터 공사를 시작했으니 이제 슬슬 집이 완성되었을 것이다.

　화수는 맥의 집으로 가기 전에 그가 운영하고 있는 빵집을 들렀다.

　딸랑!

　"어서 오세요!"

"몇 분이세요?"

"혼자 왔습니다."

"드시고 가실 건가요? 드시고 가실 것이라면 조금 기다려 주셔야 할 것 같네요."

"그렇게 하겠습니다."

맥과의 약속은 빵집에서 점심을 먹고 낚시를 하는 것이었기에 화수는 잠시 이곳에서 기다렸다.

빵집은 이제 200평 규모에 2층 높이로 증축되어 있었지만 맥의 유명세 때문에 발 디딜 틈이 없을 정도로 문전성시를 이루고 있었다.

화수는 시끌벅적한 빵집의 전경을 바라보며 흐뭇하게 웃었다.

"돈 번 보람이 있군."

맥의 처남들은 이제 최첨단 장비에 선원들까지 고용하여 이 근방에서 가장 조업량이 많은 배의 선장이 되었다.

공동으로 배를 이끄는 그들에게 선장이라는 단어는 무색하지만 그래도 그들은 나름대로 마도로스로서의 입지를 굳혀 나가고 있었다.

딸랑!

빵집의 뒷문이 열리어 야구 모자를 깊게 눌러쓴 맥이 모습을 드러냈다.

"일찍 오셨군요."

"시간이 좀 남아서 일찍 와봤습니다."

"아직 식전이시지요?"

"네, 배가 무척이나 고프군요."

"잠시만 기다리십시오. 제가 금방 빵을 구워오겠습니다."

"신세 좀 지겠습니다."

이윽고 맥은 재빨리 주방으로 달려가 화수가 먹을 빵을 반죽하기 시작했다.

그는 중학교를 다니던 시절에 아르바이트로 잠시 빵을 구운 적이 있었다.

그리고 거기서 아내를 만나 10년 넘게 열애한 끝에 결혼에 성공했다.

아내는 뛰어난 제빵사였지만 집안 사정 때문에 그 기량을 마음껏 펼치지 못했을 뿐만 아니라 맥이 F1 선수로 활약하던 시절에도 그 빛을 발하지 못했다.

그때는 아이들의 뒷바라지와 동생들의 생활을 돌봐주느라 시간이 별로 없었던 것이다.

그런 그녀의 기량은 이제 막 빛을 발했고, 그 결과 이렇게 문전성시로 이어진 것이다.

물론 제빵사의 남편인 맥 역시 어지간한 빵은 모두 수준급으로 만들 수 있었다.

그가 화수에게 구워준 빵은 이탈리아식 화덕 피자와 마늘과 버터로 간을 한 바게트였다.

주방에 들어간 지 약 40분 만에 밖으로 나온 그는 김이 모락모락 피어오르는 피자와 바게트를 들고 나왔다.

화수는 향긋한 빵 냄새에 정신이 혼미해질 지경이었다.

"으음, 좋군요!"

"아내가 이탈리아에서 직접 배워온 겁니다. 오리지널과 비교할 수는 없지만 나름대로 먹을 만할 겁니다."

"감사합니다."

F1 레이서가 구운 빵 맛은 생각한 것보다 훨씬 더 맛있었다.

손수 토마토소스를 만들고 이탈리아에서 직수입한 모차렐라 치즈로 토핑을 얹은 화덕피자는 그 속이 알차고 적당히 고소한 맛을 풍겼다.

거기에 달콤하면서도 매콤한 마늘빵을 곁들이니 느끼한 맛을 전혀 느낄 수가 없었다.

화수는 자신의 입맛을 충족시키는 피자 맛에 반해 버렸다.

"느끼하지가 않군요. 덕분에 물리지도 않고요."

"화덕피자의 매력이라면 바로 그런 것이지요. 입에 맞으시다니 다행입니다."

"이런 피자가 입에 맞지 않는 사람이 이상한 것이지요."

피자를 가지고 온 지 10분 만에 한 판을 다 먹어치운 화수는 남아 있는 마늘바게트를 먹으며 대화를 이어나갔다.

"그나저나 오랜만에 훈련을 쉬는데 저와 함께 시간을 보내도 괜찮겠습니까?"

"가족들이 사장님을 모시고 오라고 성화를 부리던 참입니다. 더 이상 미룰 수가 없었습니다."

"그렇다면 다행입니다만."

"그리고 지금 백수인 사람은 저 한 사람뿐이라서 사장님을 말동무로 부른 것도 있습니다. 딸들과 제수씨들은 모두 아이들을 돌보고 있거든요. 처남들은 조업을 나갔고요."

"후후, 대타이긴 하지만 잘 부탁합니다."

"별말씀을요."

이윽고 빵 접시를 모두 다 비운 화수와 맥은 자리에서 일어섰다.

"그럼 가실까요? 처남들이 채비를 잘해줘서 오늘 낚시는 아주 풍어일 것 같은 느낌이 드는군요."

"그러시죠."

두 사람은 맥의 처남들이 준비해 준 낚싯배로 향했다.

*   *   *

어부의 집안이니만큼 맥의 집에는 큰 선박을 제외하고도 작은 고깃배가 꽤 많았다.

지금은 사용할 수 없어 전시해 놓은 것도 있지만 두 사람이 하루 종일 낚시를 하기에 알맞은 배도 있었다.

쏴아아아아!

시원한 바닷바람이 불어오는 배에 앉은 화수와 맥은 병맥주를 마시며 세월을 낚았다.

물론 그들의 대화 내용의 절반은 F1에 대한 것들이었다.

앞으로 그랑프리가 어떻게 진행될 것인지, 또한 다음 경기의 전략은 어떻게 되는지에 대해 논의했다.

그렇게 한참 동안이나 시간을 보내고 나니 해는 벌써 서쪽으로 기울고 있었다.

"시간이 참 빨리 가는군요."

"원래 낚시라는 것이 한잔하며 얘기하기 위해 하는 겁니다. 마음이 잘 맞는 사람과 낚싯대를 드리우고 있다 보면 하루가 금방 지나가지요."

두 사람은 월척 두 마리와 피라미 몇 마리를 건져서 이내 집으로 돌아왔다.

오늘은 이 월척과 피라미로 생선 요리를 해먹을 요량이다.

이른 저녁쯤에 집으로 들어가 보니 맥의 가족들이 모두 자리를 잡았다.

"아주버님 오셨군요?"

"네, 손님도 오셨습니다."

맥을 따라 집으로 들어선 화수에게 가족들의 관심이 쏟아지기 시작했다.

"아하! 이 아저씨가 사장이라는 사람이구나!"

"안녕하세요!"

"안녕?"

가장 먼저 화수에게 다가온 사람은 맥의 딸들이었다.

올해로 열일곱, 열네 살이 된 그녀들은 한 손에 아기 한 명씩을 안고 서 있었는데 그 품이 전혀 어색하지 않았다.

"아이를 자주 돌보나 봐?"

"워낙 아이가 많아서요. 숙모들만 움직이기엔 그 숫자가 너무 많네요. 그래서 어쩔 수 없이 우리가 보모를 자처하고 있지요."

"착하구나."

"뭐, 착하다기보다는 상황이 이렇게 되었으니까요."

이제 막 고등학생이 된 첫째는 아주 단아한 모습으로 아이들을 달래고 있었다. 장차 아주 훌륭한 신붓감이 될 듯했다.

둘째 역시 외모는 단아했지만 행동이 조금 말괄량이 기질을 타고난 듯 보였다.

하지만 아이들을 향한 마음만큼은 언니에게 뒤지지 않는

것 같았다.

번잡한 입구를 지나 거실로 들어선 화수는 네 명의 처남과 마주했다.

"안녕하십니까? 말씀 많이 들었습니다."

"듣던 대로 모두들 마도로스 티가 풀풀 나는군요."

"바닷사람이니까요."

남자들은 식사를 모두 차려놓고 오늘은 어떤 술을 마실까 고민에 빠졌다.

"으음, 오늘은 손님이 오셨으니 위스키로?"

"아니지. 이런 날은 브랜디가 최고야. 빛깔로 보나 향으로 보나 달달한 브랜디가 좋지."

"좋았어. 그럼 오늘 저번에 매형이 사온 브랜디를 마실 까?"

"좋지."

직업의 특성상 면세점에 자주 들르는 맥은 술을 좋아하는 처남들을 위해 이런저런 술을 사서 집으로 가지고 왔다.

처음부터 그랬지만 맥은 이 집안에서 가장과 같은 존재로 살아가고 있었던 것이다.

"식사하세요!"

"네!"

여자들의 부름에 남자들은 우르르 식당으로 향했다.

*　　　*　　　*

미국인의 식탁은 생각보다 간소한 편인데, 오늘은 손님이 온 관계로 샐러드에 수프까지 곁들여 먹을 예정이다.

메인 요리는 생선으로 만든 차우다와 칠면조 통구이였다.

이탈리아에서 제빵을 배워 온 맥의 아내는 가정식과 이탈리아 요리에도 꽤나 조예가 깊어 식당 제의도 많이 받았다고 한다.

화수는 그녀가 만들어놓은 차우다와 칠면조 고기를 맛보곤 이내 슬며시 눈을 감았다.

"으음, 좋군요. 칠면조가 원래 이렇게 담백한 것인지 몰랐습니다."

"칭찬 고마워요."

미국의 가정에는 처음으로 초대받은 화수이지만 이곳 역시 손님을 대하는 태도나 형식은 크게 다르지 않은 듯했다.

조금 더 신경 쓴 음식과 귀한 술을 꺼내어 함께 마시면서 얘기를 나누었다.

하지만 그 일상적인 것들에서 정성을 느낄 수가 있었다.

맥의 아내 엘리스는 화수에게 이런저런 질문을 던지며 서로에 대해 조금 더 알아가고 싶어 했다.

"결혼은 하셨나요?"

"아니요. 아직 인연이 없네요."

"그럼 만나시는 분은……?"

"하하, 아쉽게도 그런 기회조차 없군요."

"어째서요? 이렇게 인물 좋고 능력도 좋은 청년인데요."

"사모님만 그렇게 생각하시는 모양입니다. 다른 여자들은 저를 쳐다보지도 않는군요."

"호호, 그럴 리가요. 사장님께서 인연을 못 찾는 것이 아니라 너무 멀리서 찾는 거라곤 생각하지 않으시나요?"

"음, 그럴까요?"

"잘 찾아보세요. 분명히 좋은 인연이 있을 거예요."

"명심하겠습니다."

그녀는 멀리서 인연을 찾을 필요 없다고 말한 것이지만 화수는 으레 하는 말이라고 생각하며 그냥 넘겼다.

그렇게 콜린스 집안에서의 식사가 무르익어 가고 있었다.

*   *   *

다음 날 아침, 화수는 첫 비행기로 한국에 입국했다.

하루가 꼬박 걸리는 거리이기에 다음 날 작별 인사도 제대로 하지 못한 것이 못내 아쉬웠다.

하지만 인연이라는 것은 언제든 다시 만날 수 있는 것이니 다음을 기약할 수 있을 것이다.

한국에 도착한 화수는 이수자동차의 본사를 대전 둔산동 중심가에 위치한 구 우체국 건물로 옮겼다.

우체국 건물은 총 2천 평 부지에 주차장과 지하실까지 갖추고 있었고, 모두 네 개의 창고를 보유하고 있었다.

그리고 원래 이수자동차가 사용하던 건물은 영업과 생산 총괄본부를 두어 역할 분담을 꾀하였다.

사업이 날로 번창해 가고 있을 무렵이지만 주말을 맞아 화수에게도 개인적인 시간이 다시 부여되었다.

이른 아침, 화수는 검은색 면바지와 회색 코트를 매치시켜 한껏 멋을 냈다.

오늘은 특별히 머리에 왁스도 바르고 로퍼도 고급으로 바꾸었다.

패션에는 그다지 관심이 없는 화수지만 로이드의 조언에 의해 스타일에 변화를 준 것이다.

남자는 옷발, 머리발이라고 했던가?

거울에 비친 자신의 모습을 바라보는 화수의 눈동자가 살며시 휘어졌다.

"오호, 이렇게 보니까 생각보다 괜찮군."

이윽고 중고차 중에서 가장 좋은 차를 골라 탄 화수는 가오동으로 향했다.

오늘은 세라와의 식사가 약속되어 있었다.

점심에는 영화도 보고 될 수 있으면 저녁까지 함께 있자는 제안을 받았다.

딱히 휴일엔 할 일이 없는 화수이기에 그녀의 제안을 수락했고, 로이드가 오늘은 조금 신경을 쓰라고 조언했다.

소꿉친구와의 식사에 뭘 이렇게 부산을 떠나 싶었지만 동생들의 조언에 귀를 기울이지 않을 수 없었다.

부아아아아앙!

예전부터 세라는 소리가 크고 속도가 빠른 오픈카를 좋아했다.

대놓고 외제차를 좋아하거나 스포츠카를 밝히는 여자는 아니지만 한 번쯤 이런 호사를 누려보고 싶다고 얘기했다.

최근에는 그 소원을 자주 이뤄주고 있었지만 그녀와 함께 하게 되면 은근히 차에 신경이 쓰였다.

"이것도 조금은 피곤한 짓이구나."

한껏 자신을 꾸미고 자동차까지 멋지게 세팅했지만 화수는 어쩐지 이런 것들이 피곤하다고 느껴졌다.

이윽고 그는 가오동에 위치한 영화관에 도착했다.

그녀는 일찌감치 나와서 화수를 기다리고 있었는데, 한 손에는 영화 티켓을 들고 있었다.

"어라? 벌써 나왔어?"

세라는 자신의 손에 들려 있는 영화 티켓을 화수에게 건넸다.

"네가 시간이 별로 없잖아. 그래서 기왕이면 조금이라도 빨리 만나고 싶어서."

"아아, 그랬구나. 그랬으면 조금 더 일찍 나올걸. 로이드 그 자식, 쓸데없이 사람 치장을 시키느라 헛심을 뺐어."

그녀는 고개를 가로저었다.

"아니야. 이렇게 멋지게 차려입고 나오는 모습은 처음이라 나도 좋아."

"그래?"

로이드 때문에 시간만 잡아먹었다고 생각했는데 그녀가 만족한다니 다행이다.

"아무튼 배고프니까 일단 뭐라도 좀 먹을까?"

"좋지."

"으음, 시간이 조금 이르니까 간단하게 빵 종류로?"

"그래."

화수는 그녀를 데리고 베이커리로 향했다.

*　　　*　　　*

베이커리에서 빵을 사서 영화관으로 들어선 두 사람은 북적거리는 인파를 뚫고 상영 시간보다 먼저 도착했다.

요즘 인기 있다는 '왕의 사람'을 관람하기 위해 모여든 인파는 상영관을 후덥지근하게 달궜다.

"꽤나 많구나."

"주말이니까. 그리고 이 영화, 되게 재미있대."

"그래?"

영화에 대해선 거의 문외한이나 다름없는 화수로선 전쟁 영화나 좀비영화가 아니면 그저 그럴 뿐이다.

대수롭지 않게 자리에 앉은 화수는 바게트와 콜라를 마시며 영화가 시작하기를 기다렸다.

그녀 역시 이른 아침부터 준비하느라 식사를 걸렀는지 맛있게 빵과 콜라를 먹었다.

그 모습을 가만히 바라보던 화수가 눈치 없이 한마디 한다.

"배가 많이 고팠구나?"

순간, 그녀가 빵 봉지를 접어버린다.

"이, 이제 다 먹었어."

"벌써? 얼마 안 먹은 것 같은데?"

"아, 아니야. 괜찮아. 나중에 또 먹을래."

"그래?"

여자는 원래 남자 앞에선 의식적으로 많이 먹는 모습을 보여주지 않는다.

3년 넘게 사귄 커플이나 부부가 아닌 이상에야 본인 양의 절반 정도만 먹는 것이 보통이다.

그렇게 때문에 보통 여자들은 남자와의 만남에서 시원스럽게 밥을 먹는 모습을 찾아보기 힘들다.

이럴 땐 아무런 말 없이 콜라를 더 건넨다든지 티슈 등을 건네는 것이 낫다.

위의 행동보다 더 좋은 것은 먹을 것을 많이 먹는다는 말을 최대한 자제하고 다른 곳으로 화제를 돌리는 것이 가장 무난하다고 할 수 있다.

화수는 벌써 위의 두 가지와는 아예 멀리 떨어지다 못해 정곡을 찌르고 말았다.

'너무 허겁지겁 먹었나?

그녀는 벌써 머릿속이 복잡해져 오고 있었지만 화수는 대수롭지 않게 자신의 배만 채웠다.

*   *   *

영화 '왕의 사람'은 액션영화로는 드물게도 19세 이하 관람 불가(청불) 등급을 받았다.

하지만 청불 등급으로는 넘기 힘들다는 누적 관객 300만을 돌파하고 500만 고지를 향해 달리고 있었다.

그만큼 볼거리도 많고 틈틈이 터지는 코미디도 꽤나 볼 만했다.

주인공이 납치당한 공주가 갇혀 있는 감방에 고개를 들이민다.

세상이 멸망할 위기에 처해 있지만 주인공의 수컷 본능이 그를 이끈 것이다.

[계세요?]

[이름이 뭐예요?]

[토미요.]

[토미, 지금 어디를 가는 건가요?]

[세상을 구하러 가는 중이죠.]

[그래요. 꼭 세상을 구해주세요. 세상을 구해주시면 좋은 것을 해드릴게요.]

[좋은 것이요? 키스?]

[아니요. 엉덩이로 봉사할게요.]

[오, 오오오!]

세상을 구하기 위한 주인공에게 두 번째 동기 부여가 생긴 셈이다.

영화 내내 위트 있는 대사들이 즐비하지만 가끔은 성적인 농담도 서슴지 않는 왕의 사람이다.

화수는 그저 편안하게 콜라를 마시며 낄낄거릴 뿐이다.

"낄낄낄! 들었어?"

"으, 응……."

"엉덩이래. 크큭크큭!"

최소한 부부나 연인이 아니라면 편하게 웃을 수 없는 섹드립에 그녀는 얼굴을 붉히고 말았다.

화수는 잘 모르고 있지만 그녀는 아까부터 이 영화가 여간 불편한 것이 아니었다.

조금씩 절묘하게 터지는 이런 장면들 때문에 한시도 긴장을 늦출 수 없었기 때문이다.

'차라리 월드시장을 볼 걸 그랬나? 이건 너무…….'

예매를 한 사람은 그녀이지만 정작 본인이 영화를 즐기지 못하니 후회가 되었다.

그렇게 시간은 흘러 영화의 종지부, 드디어 주인공이 공주와 만나는 장면이다.

[어서 와요.]

[많이 기다렸죠? 와인도 준비했어요.]

[후후, 잘했어요.]

이윽고 그녀는 주인공에게 엉덩이를 쭉 내민다.

"와하하하하하!"

여기저기서 웃음이 터져 나오고 있었지만 그녀는 이내 눈을 가렸다.

"어머낫!"

얼굴이 화끈거려 눈을 뜰 수 없었지만 화수는 여전히 배를 잡고 낄낄거렸다.

"큭큭큭! 낄낄낄!"

그녀는 이렇게 눈치 없고 무감각한 남자가 다 있나 싶다.

'내가 그렇게 편한가? 아니면 여자로서 매력이 없나?'

별의별 생각이 다 들었다.

*   *   *

영화를 보고 거리로 나온 화수는 그녀에게 동물원으로 자리를 옮기자고 제안했다.

"듣자 하니 동물원 쪽이 경치도 좋고 볼거리도 많다면서?"

"그래, 그럼 그렇게 하자."

조금 민망하긴 하지만 영화의 여운이 남아서 그는 아까부터 계속 들떠 있었다.

눈치가 없다고 속으로 흉을 보긴 했지만 차라리 세라는 잘되었다 싶었다.

만약 무거운 영화를 보았다면 지금과 같은 분위기는 도저히 만들어낼 수 없었을 것이다.

부아아아앙!

가슴을 울리는 스포츠카의 엔진 소리를 들으며 도착한 동물원에는 역시 엄청난 인파가 몰려 있었다.

특히나 지금은 튤립이 만발하여 축제가 열렸다.

가족과 연인들은 서로 사진을 찍어주거나 함께 셀카를 찍으며 봄 분위기를 만끽했다.

찰칵찰칵!

화수는 주차장에 차를 세워두곤 연인들이 즐비한 곳을 지나 매표소로 향했다.

"자유이용권을 구매하는 편이 낫겠지?"

"응, 그렇게 하자."

매표소에서 표를 구매하고 튤립축제가 한창인 동물원 중앙공원으로 향한 두 사람은 향긋한 꽃 냄새에 취해 보았다.

"킁킁, 향이 좋네."

"그러게."

주변에는 꽃향기를 맡으며 한껏 달달한 분위기를 연출하는 남녀들이 가득했다.

대놓고 키스를 하거나 손을 맞잡고 거리를 거닐곤 했다.

그녀는 그런 그들을 바라보며 부러운 눈빛을 보냈다.

'쩝, 이건 뭐⋯⋯.'

화수는 오로지 꽃, 꽃에만 관심이 있는 것 같았다.

이런 그와 손을 잡거나 키스를 한다는 것은 아예 상상조차 할 수 없었다.

'하아, 그래, 포기하자.'

세라는 그렇게 화수와의 로맨스를 포기한 채 동물원을 거닐다 한 남성과 어깨를 부딪치고 말았다.

퍽!

"어멋!"

"어이쿠, 괜찮으세요?"

"아, 네……."

남자에게 꾸벅 고개를 숙이곤 다시 갈 길을 가려던 그녀의 눈동자가 휘둥그레졌다.

"어, 어어?"

"세라?"

"네, 네가 여긴 어떻게……?"

그는 세라가 대학 시절에 사귀던 명성이었다.

"어, 어……."

"오빠, 뭐 해?"

"으, 응……."

세라는 자신보다 어리고 예쁜 그의 여자 친구를 바라보곤 이내 주눅이 들어버렸다.

'몸매는 왜 저렇게 좋아?'

만약 쥐구멍이 있다면 확 숨어버리고 싶은 생각이 드는 세라다.

그런 그녀에게 화수가 다가왔다.

"세라야, 뭐 해?"

"으, 응?"

명성은 화수를 보자마자 씁쓸하게 웃었다.

"남자… 친구?"

"뭐, 비슷해요. 근데 여기서 뭐 해? 잃어버릴 뻔했잖아."

"으, 응……."

화수는 그렇게 말하며 그녀의 어깨를 잡아 자신의 쪽으로 확 끌어당겼다.

"어, 어머나!"

"가자. 사람이 너무 많아서 자이로드롭이고 뭐고 동물이나 좀 구경하다 가야겠어. 오늘 저녁에는 칼질이나 좀 하자고."

방금 전까지만 해도 무심한 사람처럼 굴더니 이제는 꽤나 박력 있게 그녀를 보호해 주었다.

순간, 그녀는 이게 도대체 무슨 의미인가 싶어서 헷갈렸다.

'마음이 있긴 있는 건가? 아니면 그냥 우정 때문인가?'

그의 손에 이끌려 가는 동안 살짝 뒤를 돌아보니 명성이 자식의 표정이 가히 똥 씹은 얼굴처럼 일그러져 있었다.

'후훗, 아무튼 통쾌하긴 하네.'

그녀는 화수와 함께 동물들이 있는 사파리로 향했다.

*   *   *

튤립 밭을 지나고 나서도 세 번이나 마주친 명성은 그때마다 화수를 의식하는 듯 인상을 찌푸렸다.

때론 그를 노려보며 적의를 드러내기도 했지만 화수가 그런 말도 안 되는 신경전에 넘어갈 남자는 아니었다.

'저 새끼가 왜 저래? 뭘 잘못 먹었나?

전후 사정을 모르는 화수로선 대낮부터 시비인가 싶어서 기분이 썩 좋지 않았다.

하지만 오늘은 그녀와 즐거운 시간을 보내기 위해 나온 것이니 참기로 했다.

그렇게 동물 관람을 다 끝내고 난 후 두 사람은 근처에 있는 레스토랑으로 향했다.

그녀는 아까 찍은 동물들의 사진을 넘겨보며 뿌듯한 표정을 지었다.

"봐봐. 어때? 사막여우, 너무 귀엽지 않아?"

"그러네. 귀가 쫑긋하게 섰어."

"쿡쿡, 오늘 덕분에 좋은 사진 많이 건졌어. 고마워."

"후후, 별말씀을."

화수는 차를 몰아 '몰디브'라는 이름의 레스토랑을 찾았다.

이곳은 맛집 순위에도 나올 정도로 이름 있는 스파게티집인데, 언젠가 한번 꼭 가보고 싶던 곳이다.

그는 레스토랑 주차장에 차를 세우고 그녀와 함께 식당으로 향했다.

그런데 그의 뒤로 아까 전 그 남자가 따라와 말을 걸었다.

"어이쿠, 이런 우연이 다 있나?"

"…그러게."

그녀는 어색한 표정을 지었고, 화수는 아까부터 이 사람이 계속 그녀를 따라다니는 본새가 거슬렸다.

"자리 옮길까?"

"그, 그럴까?"

화수가 그녀를 이끌어 나가는데 그가 불현듯 소리쳤다.

"어이, 거기!"

순간, 화수가 고개를 돌렸다.

"어이?"

"그래, 어이. 잠깐 거기 서봐."

그는 건장한 체격에 어깨가 떡 벌어져 운동을 꽤나 오래한 듯했다.

자신보다 작은 화수가 조금은 우습게 보일 수도 있었을 것이다.

화수를 향해 성큼성큼 걸어온 그가 말했다.

"너, 애인 아니지?"

"뭐?"

"방금 전 비슷하다곤 했지만 그건 거짓말이잖아?"

"어째서 그렇게 생각하지?"

"흥! 연인이라면 왜 그렇게 어색하게 다니는 거지?! 애정 표현도 한번 없고."

화수는 고개를 갸웃거렸다.

"그게 잘못된 건가? 너처럼 대낮에 여자 가슴이나 주물럭거려야 정상인가?"

"뭐, 뭐, 이 새끼야?!"

잔뜩 흥분한 그가 화수의 멱살을 움켜잡았다.

꽈뜩!

화수는 어처구니없다는 눈으로 그를 바라보았다.

"2초 준다. 안 놓으면 죽는 수가 있어."

"이 새끼가 진짜!"

명성이 화수에게 주먹을 휘두르려는 바로 그때, 화수는 순간적으로 마나코어를 발동시켰다.

그리고 피어 계열 마법인 '하울링'을 시전했다.

스스스스스스스!

그의 눈동자에서 검은 기운이 피어올라 명성의 뇌를 자극
했다.

그러자 그의 다리가 조금씩 후들거리기 시작했다.

"어, 어어어……."

"놔라. 안 놓으면 죽는다고 했다."

그러자 그는 화수의 멱살을 놓고는 그 자리에 주저앉고 말
았다.

"으, 으으으……!"

"다시 한 번 얼씬거렸다간 내 얼굴만 봐도 똥을 지리게 만
들어주겠어. 알겠나?"

"으으……."

이어 화수는 차문을 열어 그녀를 안내했다.

"가자. 타."

"으, 응……."

화수가 문을 닫자 세라는 그를 따라 안전벨트를 맸다.

*   *   *

화수와 술을 한잔 주고받는 자리에서 그녀는 머뭇거리며
입을 열었다.

"아까 그 사람은……."

"전 남자 친구야?"

"으응."

"그래, 그런 것 같았어."

"고마워. 별말 없이 도와줘서."

"내가 한 게 뭐 있나? 그놈이 무례하게 굴어서 그냥 눈빛 한번 쏴준 것뿐인데."

"그래도……."

"괜찮아. 우리 사이에."

"우리 사이가 어떤 사인데?"

"어떤 사이긴, 친구 사이지."

"…그렇구나."

조용히 술잔을 넘기던 세라가 화수에게 물었다.

"그런데 말이야. 넌 왜 여자를 안 사귀니?"

"나? 인연이 없다고나 할까?"

"인연은 가까운 곳에서 찾으라잖아. 네 주변에는 없어?"

"그러게 말이야. 안 그래도 우리 선수의 와이프가 그러더라. 인연은 주변에서부터 찾는 것이라고."

"다시 한 번 생각해 봐. 정말 없어?"

화수는 고개를 갸웃거렸다.

"글쎄, 아직은 잘 모르겠네."

"…그래?"

그녀는 남은 술잔을 모두 입으로 털어 넣더니 이내 자리에서 일어섰다.

"이제 그만 갈래."

"같이 가자. 밤길도 어두운데."

"아니야. 괜찮아."

"괜찮긴, 내가 걱정되어서 그래. 함께 가자."

순간, 세라가 버럭 소리를 질렀다.

"괜찮아! 나 혼자 간다고!"

"으, 응? 그래……."

그녀는 이내 술집을 나섰고, 화수는 연신 고개를 갸웃거렸다.

*　　　*　　　*

다음 날, 화수는 세라와 만난 얘기를 지수와 로이드에게 해 주었다.

그러자 그들은 하나같이 고개를 가로저었다.

"어휴!"

"야, 이 멍청아!"

"뭐? 내가 뭘 어쨌다고 멍청이래?"

"형님은 아마도 장가가기 힘드실 겁니다."

"어째서?"

두 사람은 답이 없다는 듯 연신 고개를 가로저었다. 하지만 화수는 여전히 답을 찾을 수 없었다.

'쳇, 팔자에도 없는 남자 친구 행세도 해주었는데 왜…….'

화수는 여전히 머릿속에 물음표를 그릴 뿐이다.

8장

우연인가, 필연인가

4월 중순, 캐나다 몬트리올에서 네 번째 그랑프리가 개최되었다. 이날 맥이 우승컵을, 잭키가 준우승 트로피를 각각 나누어 가졌다.

외신들은 팀 브레멘의 독주가 당분간 계속될 것이며, 11월 중순으로 예정된 마지막 레이스까지 이변은 일어나지 않을 것이라고 입을 모았다.

화수는 네 번째 그랑프리를 끝내고 난 후 지금까지의 중고 시장을 서울과 대전 등 각지에 분포시키고 더 이상의 수리 판매를 중단했다.

그리고 수리 판매를 대신하여 자동차, 중장비, 캠핑카 등을 직접 생산하여 판매했다.

이수자동차의 생산 라인이 위치한 베트남과 한국은 물론이고 중국과 미국까지 그 생산 영역을 넓히기로 했다.

물론 중장비와 캠핑카에는 화수의 마나코어가 중심축이 되어 생산될 예정이다.

화수는 초대형 중장비들을 움직이는 엔진에 마나코어를 장착하고 그것을 토대로 폭발적인 힘을 낼 수 있도록 했다.

찬미와 함께 미국 생산 라인을 찾은 화수는 덤프트럭과 트레일러에 들어가는 엔진을 시험했다.

부르르르릉!

이번에 그들이 개발한 트럭은 차제에서 뿜어져 나오는 복사열을 충전하여 열전도 터빈을 돌리는 보조 동력 형식이다.

평균 연비 3∼4㎞에 불과한 덤프트럭의 연비를 세 배, 혹은 네 배까지 올릴 수 있다는 것이 화수와 찬미의 생각이다.

하지만 문제는 열전도 터빈을 돌릴 때 일어나는 엔진의 과부하를 어떻게 처리하느냐는 것이었다.

부아아아아앙!

화수가 열전도 터빈을 돌리기 위해 페달을 밟자 엔진에선 어김없이 연기가 스멀스멀 피어올랐다.

퍼엉, 쉬익.

두 사람은 실망감에 가득 찬 표정을 지었다.

"역시 쉽지가 않군요."

"아무래도 마나코어를 터번 옆에도 부착해서 안정성을 높여야 하지 않을까 싶네요."

"후우!"

두 사람이 머리를 쥐어 짜내고 있을 무렵, 개발실에 베네노아가 들어왔다.

"아직도 연구하고 계십니까?"

"막히는 부분이 있어서요."

"개발이라는 것이 역시 쉽지 않지요."

베네노아는 화수에게 보고서를 건넸다.

"바쁘신 것은 알고 있습니다만, 결재가 필요해서 왔습니다."

화수는 장갑을 벗고 베네노아가 건넨 보고서를 받아보곤 고개를 갸웃거렸다.

"그린란드?"

"우리가 개발 중인 중장비에 대해 관심이 있다고 러브콜을 보내왔습니다."

"아직 미완성인 우리의 제품을 어떻게 알고요?"

"한국에서 판매하고 있는 중고품을 사용해 보고 반했답니다."

"허참, 그래요?"

그의 영향력이 생각보다 대단한 것이었던가? 뜻밖의 주문이 들어왔다.

"아직 개발 중에 있으니 조금만 더 기다리라고 전해주십시오."

"알겠습니다. 예정된 기한은 없으시지요?"

"예, 쉽지 않은 작업이네요."

"알겠습니다. 그럼 그쪽에 그렇게 전하겠습니다."

"그렇게 해주십시오."

그리곤 화수에게 서류 하나를 더 내민다.

"이것도 좀 읽어주십시오."

"이건 또 뭡니까?"

"이스트케이프에서 그룹을 결성하는데 지주회사를 어느 쪽으로 하느냐고 묻더군요."

최근 화수는 회사의 규모가 점점 커짐에 따라 이수그룹의 출범을 계획하고 있었다.

그래서 지금 그룹으로 발돋움함에 따라 회사를 재정비하는 작업이 한창이다.

화수가 가진 회사 중 가장 규모가 큰 곳은 이스트케이프이지만 그들의 내실을 생각하면 지주회사로 내세울 수 없었다.

때문에 화수는 중장비와 캠핑카, 버스 등을 생산할 수 있는 기술력을 갖춘 후에 이수자동차에 이 모든 것을 병합시키고 하나로 묶을 계획이다.

그룹의 이미지를 생각하면 이스트케이프의 중용이 낫다고 들 하지만 그는 앞으로 미래를 내다봐야 하는 회장이다.

"이수자동차의 재정비가 끝나면 바로 이수차를 지주회사로 삼을 것이라고 전하십시오. F1 그랑프리 팀 브레멘 역시 이수 브레멘으로 팀 명칭을 개명할 겁니다. 그렇게 알고 계십시오."

"알겠습니다. 그럼 모든 계열사에 그렇게 전하겠습니다."

"네, 그렇게 해주세요."

화수는 서류를 결재하고 난 후 다시 덤프트럭 개발에 매진하기 시작했다.

*　　　*　　　*

골방에 처박혀 엔진을 잡고 씨름한 결과, 화수는 드디어 복사열 터빈을 개발할 수 있었다.

덤프트럭의 엄청난 열을 잡아냄과 동시에 폭발력, 소음까지 완벽하게 잡아낼 수 있는 기술이다.

끼리리릭, 부르르르르룽!

엔진의 거대함 때문에 소리가 나는 것은 어쩔 수 없지만 기존의 덤프트럭에 비해 약 네 배가량 소음을 줄일 수 있었다.

또한 화수가 가장 신경 쓴 부분은 차량의 전복을 막는 에어쿨러 기능이다.

덤프트럭이나 트레일러는 짐을 싣고 달리다 전복되는 경우가 꽤 많은데, 이것은 짐의 높이가 높고 운전자의 경력이 짧을수록 많이 일어난다.

이것은 생각보다 심각한 문제이다.

잘못하면 인명 피해가 남은 물론이고 재산상의 막대한 피해까지 발생할 수 있다.

하여 화수는 차량이 회전할 때 생기는 반발력을 역추진으로 커버하고 차량이 전복될 위기에 놓이게 되면 한쪽에선 추진력을, 한쪽에는 흡입기기를 사용하여 사고를 최대한 방지할 수 있게 했다.

또한 차량의 겉면에 충격 센서를 부착하여 차량이 고꾸라질 때 초대형 에어백이 터질 수 있도록 설계했다.

실제로 이 에어백은 미국안전청의 까다로운 테스트를 통과한 것으로, 겉면에 마나코어가 코팅되어 있어 그 어떤 상황에서도 파열되지 않게 했다.

이렇게 하여 화수는 덤프트럭과 트레일러, 각종 중장비를 완성하여 생산을 시작했다.

베트남 공장에서 가장 먼저 선을 보일 중장비들은 4월 말경이 되어 드디어 초도물량을 뽑아냈다.

아직까지 사전 계약을 받지 않고 있지만 벌써부터 유럽과 미국에서 무서울 정도로 러브콜이 쏟아져 들어왔다.

하지만 화수는 우선적으로 자회사인 이스트케이프에 트럭을 공급하여 구멍이 난 물류 라인을 확보했다.

그다음부터 러브콜에 차례대로 응하면서 차량을 공급할 계획이다.

이제 중장비들을 공급할 수 있는 기술력을 갖추고 이스트케이프를 구제했으니 계획하고 있는 이수자동차를 모기업으로 하는 그룹을 출범할 차례였다.

화수를 최대 주주이자 회장으로 추대한 이수그룹이 발족식을 가졌다.

대전 본사에서 이뤄진 발족식에는 재계 인사들은 물론이고 미국의 유명인들과 F1 레이싱 팀인 팀 이수 브레멘까지 참석했다.

로이드는 말끔한 회색 정장을 입고 단상 위에 올랐다.

"지금부터 이수그룹 발족식을 거행하겠습니다."

그룹에서 준비한 회사 소개를 비롯한 사업 분야 설명이 끝나고 난 후 회장인 화수의 연설이 이어졌다.

"이수그룹 강화수 회장님이십니다. 큰 박수로 맞아주십시오."

짝짝짝짝!

역경을 이겨내고 명실공히 한 그룹의 회장으로 추대된 화수는 단상에 올라 연설을 시작했다.

"우선 이 자리에 모여주신 내빈 여러분께 진심으로 감사드리는 바입니다. 이 뜨거운 성원에 보답하기 위해 끝없이 정진하는 이수가 될 것을 약속드립니다."

짝짝짝짝!

한 차례 박수가 이어지고 난 후 화수는 말을 이었다.

"저희 이수그룹이 탄생하기까지는 수많은 시행착오와 좌절이 있었습니다. 하지만 그것을 딛고 일어나 지금의 저희가 있게 되었습니다. 앞으로도 모든 임직원이 한마음 한뜻으로 사회에 공헌하는 그룹이 되도록 노력합시다. 감사합니다."

짧고 간결한 화수의 연설이 끝나고 난 후 이수그룹 본사에서 오찬이 열렸다.

빡빡한 일정 때문에 화수를 비롯한 그룹의 수뇌부들은 자리에 오래 참석할 수 없었지만 내빈들에게 모두 인사를 하는 것은 잊지 않았다.

각계각층의 인사들과 담화를 주고받던 화수에게 팀 라히인트의 실질적 구단주인 안드레아가 다가왔다.

"반갑소. 말씀 많이 들었소이다."

"반갑습니다. 강화수입니다."

"저번 인수합병 때엔 참으로 인상적이었소. 훌륭한 부하들을 두셨더군."

화수는 자신의 곁에 서 있는 두 동생을 바라보며 답했다.

"제 형제들입니다. 부하라고 하기엔 좀 그렇고 가족이라고 해두지요."

"후후, 뭐, 그럴 수도 있겠구려."

그는 화수에게 금빛 명함과 함께 선물 상자를 건넸다.

"별건 아니고 앞으로도 건승하라는 의미에서 드리는 것이니 부디 받아주시오."

"감사합니다."

화수는 선물을 받자마자 포장을 뜯어보았다.

그러자 그 안에는 순금으로 도금된 매그넘이 들어 있다.

"권총?"

"앞으로도 계속해서 거침없이 질주하라는 의미요. 참고로 총알은 모두 공포탄이외다."

"감사합니다."

권총을 마음대로 들고 다닐 수는 없는 일이니 그는 곧장 선물을 상자 속에 갈무리했다.

"차린 것은 없지만 많이 드십시오."

"고맙소."

이윽고 그가 화수와 동생들을 스치듯 지나갔다.

그제야 화수는 동생들에게 그에 대해 물었다.

"뭐 하는 사람이야?"

"밀매와 암 경매를 하는 사람입니다. 아마도 규모로는 예전 베네노아 형님의 몇 배는 될 법한 자산을 가지고 있습니다."

"으음, 그래?"

베네노아는 외국 출장으로 인해 자리를 비우고 있었는데, 아마 그가 이곳에 있었다면 안드레아를 상당히 경계했을 것이다.

"아무튼 범상치 않은 사람임은 틀림없군."

세 사람은 나머지 행사를 치른 후 곧장 본사로 들어갔다.

*   *   *

이수그룹을 출범시킨 후 화수는 베네노아를 따라 그린란드로 향했다.

그린란드에는 수많은 지하자원과 루비를 비롯한 귀금속이 다량 매장되어 있다.

때문에 그린란드에서는 유전 탐사와 지하자원 발굴이 아주 활발하게 이뤄지고 있었다.

그린란드에 100만평 부지를 모두 열 개 정도 가지고 있는 독일 사업가 이넬은 화수에게 중장비 구입은 물론이고 기술 자문까지 부탁했다.

바쁜 일정이긴 하지만 이번 계약의 규모가 무려 수백 억 단위이기 때문에 화수는 빠질 수가 없었다.

또한 유전이 개발되면 그 굴착기의 수주도 이수그룹에게 맡긴다는 조건이 있었기에 일정을 변경하면서까지 그린란드행을 선택한 것이다.

화수는 이넬, 그의 비서실장과 함께 사업이 진행될 부지로 향했다.

그들이 향하고 있는 곳은 아직까지 만년설이 녹지 않은 광산지대였다.

휘이이이잉!

스노모빌을 타고 이동하는 동안 화수는 창밖으로 엄청난 양의 눈이 내리고 있는 것을 볼 수 있었다.

"날씨가 변덕스럽군요."

"그린란드에서 날씨를 예측한다는 것은 상당히 힘든 일입니다."

"정말 그렇군요. 그리고 이제 곧 봄인데 눈이 내리다니 신기하기도 하구요."

"후후, 이곳에서 영하 10도 정도는 쾌적한 날씨로 칩니다. 그나마 사장님께선 따뜻할 때 오신 겁니다."

지금도 날씨가 썩 좋지 못한데 도대체 한겨울에는 사람이 어떻게 살라는 것인지 화수는 이해할 수 없었다.

스노모빌로 약 두 시간가량을 달려 도착한 광산은 꽁꽁 얼어붙어 그 안을 쉽사리 분간하기 힘들 정도였다.

"이곳에 뭐가 묻혀 있다고요?"

"루비가 잠들어 있습니다. 제가 듣기로 이곳은 2차 세계대전 당시 히틀러가 자신의 비자금 조성을 위해 사들였다고 합니다. 실제로 매장량이 엄청났다고도 하고요."

"으음, 그러니까 아직까지 확증은 없는 거네요?"

"지질조사를 의뢰했는데 아무런 성과가 없어서 그냥 제가 직접 땅을 파보기로 한 겁니다."

이델은 생각보다 성격이 급한 사람인 모양이다.

"아무튼 이곳에 있는 흙과 얼음을 퍼 나를 수 있는 장비와 굴삭기를 제공해 주셨으면 합니다. 그리고 그에 대한 기술 자문도 부탁드립니다."

"기계를 사용하는 법이라면 기술자들을 통해서 숙지하는 편이 나을 텐데요."

"아니요. 그래도 이쪽으로 전문가라고 하시니 회장님 쪽이 더 믿음이 가네요."

"으음, 그렇다면야……."

사실 화수는 마도학적인 자문은 해줄 수 있지만 실질적인 기술 자문은 해줄 수가 없다.

만약 기계에 결함이 생긴다거나 어떻게 기계를 운용할지에 대해 묻는다면 답변해 줄 수도 있을 것이다.

"아무튼 이곳에 베이스캠프를 칠 테니 굴착기와 타워크레인의 필요 여부를 판단해 주십시오. 그동안 들어가는 비용은 저희가 전액 부담하겠습니다."

"알겠습니다. 이곳에서 일주일간 머물면서 감독하지요."

"감사합니다."

화수는 졸지에 베네노아를 따라서 북극 생활을 하게 되었다.

*　　　*　　　*

그린란드의 날씨는 그야말로 예측 불허였다.

봄이라는 것이 믿겨지지 않을 정도로 거센 눈보라가 몰아치는가 하면 작업장 밖으로 나가면 다시 날씨가 풀리기도 했다.

휘이이이잉!

베이스캠프 안에서 바깥의 상황을 지켜보는 것만으로도 충분히 발이 꽁꽁 얼어붙을 것 같았다.

"으으, 춥구나."

단언컨대 화수가 태어나 이렇게까지 추운 날씨를 경험한 것은 처음이다.

그나마 봄이라서 날씨가 이 정도라니, 만약 화수가 그린란드에서 태어났다면 일찌감치 이민을 택했을지도 모른다.

이델은 해발 800미터가량의 광산을 개발하는 중인데, 그 겉면의 얼음 장벽이 워낙 두꺼워서 굴착이 쉽지 않을 것 같았다.

도대체 히틀러의 비자금 줄을 어떻게 알아낸 것인지는 몰라도 화수가 보기엔 당장 굴착으로 뭔가를 얻어내기엔 무리가 있어 보였다.

그는 작업을 가만히 지켜보다가 이델을 찾아갔다.

휘이이이잉!

문을 열고 밖으로 나서자 사방에서 눈보라가 몰아쳤다.

"크읔!"

만약 이델의 부탁이 아니었다면 진즉 한국으로 돌아가고도 남았을 것이다.

눈발을 헤치고 도착한 이델의 컨테이너로 들어선 화수는 그가 한창 컴퓨터로 상황을 지켜보고 있음을 알 수 있었다.

그는 화수가 왔다는 사실도 모른 채 모니터를 뚫어져라 쳐다보고 있었다.

화수가 그의 어깨를 두드렸다.

"이델 씨?"

그러자 그는 화들짝 놀라며 화수를 바라보았다.

"아아, 오셨습니까?"

"너무 집중하고 계셔서 부를까 말까 한참을 고민했습니다."

"하하, 죄송합니다."

이델은 화수에게 레몬티를 한 잔 따라 건네주었다.

"감기에 좋답니다. 추울 때 마시면 좋지요."

"감사합니다."

화수는 그와 마주앉아 지금의 상황에 대해 설명했다.

"아무래도 이렇게 눈보라가 몰아치는데 굴착을 진행한다는 것은 불가능할 것 같습니다. 더군다나 타워크레인은 세울 수도 없고요."

"으음, 그럼 어떻게 하는 것이 좋을까요?"

"일단 눈보라가 그칠 때까지 기다렸다가 광산의 겉면을 다이너마이트로 폭파시키는 것이 좋을 것 같군요."

"폭발이라……. 인명 피해가 발생하면 어떻게 합니까?"

"전문가를 섭외해야지요."

"흠……."

"그 후에 타워크레인을 설치해서 눈을 퍼내고 굴착에 들어가는 것이 좋겠습니다. 지금 이대론 도저히 답이 나오지 않아요."

이델은 화수의 의견에 고개를 끄덕였다.

"알겠습니다. 일단 저희 쪽 간부들과 얘기를 나눠보는 것이 좋겠네요."

"부디 현명한 결정 내리셨으면 좋겠군요. 그럼 저는 이만."

돌아가려는 화수에게 그가 불현듯 물었다.

"아참, 잊을 뻔했군요. 혹시 러시아에 친구를 두셨습니까?"

"러시아요?"

"이곳으로 전화가 왔는데 회장님을 찾았습니다."

"으음, 러시아라……. 남자입니까?"

"아니요. 여자랍니다."

화수는 고개를 가로저었다.

"그럼 아닐 겁니다. 저는 러시아에 여성 지인을 둔 적이 없어요."

"그렇군요. 알겠습니다. 그럼 경비팀에게 그렇게 전하겠습니다."

"예, 그렇게 해주십시오."

화수는 지금까지 사업하면서 러시아에 여성 지인을 둔 적이 없었다.

그는 이내 다시 자신의 자리로 돌아갔다.

　　　　　　*　　　　　*　　　　　*

　화수는 그린란드 누크에 위치한 호텔에서 머물며 숙식을
해결했다.

　늦은 밤, 그는 시가지에 있는 술집으로 향했다.

　휘이이잉!

　"여전히 춥군."

　이놈의 날씨는 여전히 풀릴 생각을 하지 않았다.

　그렇게 눈발을 헤치고 술집까지 가는 길이 녹록치 않아 화
수는 주머니에서 작은 위스키 병을 꺼내어 한 모금 마셨다.

　꿀꺽!

　"크흐, 좋군. 이제야 좀 살 것 같네."

　그 옛날 루야나드 대륙의 북쪽을 정복하던 때가 뇌리를 스
치고 지나간다.

　그때 죽을 뻔한 경험이 생생하게 떠올라 도리질을 치게 만
들었다.

　"괴로운 기억이군."

　하지만 그때 그를 살려주었던 자신의 애마가 떠올라 괜스
레 울적해지는 화수다.

　"…별로 마음에 들지 않는 땅이야."

그렇게 터벅터벅 걸어서 술집으로 향하는데 핸드폰이 울
렸다.

지이잉—

[세라]

화수는 손목에 채워진 시계를 보았다.

"아아, 이 시간이면 전화를 할 만도 하구나."

그린란드와 한국의 시차는 12시간이니 당연히 전화를 걸
만도 했다.

그는 아무런 생각 없이 전화를 받으려다 저번에 한국에서
있었던 일을 떠올렸다.

분명 화를 낸 것 같은데 이렇게 갑자기 전화를 하다니 화해
를 청할 것인가 싶다.

그는 전화를 받았다.

"여보세요?"

—화수니?

"응, 나야. 잘 지냈어? 요즘 통 연락이 없더니."

—좀 바빠서 말이야. 넌? 요즘 뭐 해?

"그룹 발족하고 그린란드에 와 있어."

—그, 그린란드? 북극에 있는 거기?

"응, 그 그린란드 맞아. 정말 무지하게 춥네. 바람 소리 들려?"

휘이이이이잉!

―정말이네. 그렇게 추운데 뭐 하러 갔어? 사업차?

"항상 그렇지. 늘 느끼는 것이지만 대전이 최고야. 집 나가면 고생이라는 말이 맞아."

―쿡쿡, 그런 북극에서 집 나가면 고생이라는 말을 하다니 조금 웃기다.

"쩝, 그러게 말이다."

그녀는 평소와 다름없는 말투로 화수를 대했다. 아무래도 화가 풀린 모양이다.

"화는 좀 풀렸어?"

―뭐가?

"얼마 전에 나에게 화냈잖아."

―그, 그건⋯⋯.

세라의 목소리가 점점 작아지는 것을 보니 꽤나 난처한 모양이다.

"하하, 괜찮아. 네가 화를 낼 만한 사정이 있었겠지. 내가 원래 눈치가 좀 없잖아."

―쳇, 알긴 아네?

"하루 이틀도 아니고 이제 좀 봐줘."

─알았어. 화수 너니까 특별히 봐줄게.

오랜 친구와의 화해는 언제나 기분 좋아지는 법. 울적하던 화수는 가슴이 훈훈해졌다.

하지만 그와는 반대로 신경이 자꾸만 뒤통수로 향했다.

아까부터 누군가 계속 따라온다는 생각이 들었다.

그가 계속해서 전화를 받고 있는 것도 그가 특별한 행동을 할 때까지 기다리기 위함이다.

이윽고 그녀가 전화를 끊으려 했다.

─이제 점심시간 끝났다. 그만 가볼게.

"그래, 일 열심히 해."

─응, 너도. 이따가 밤에 또 전화할게.

"알겠어."

화수는 계속해서 자신을 따라오고 있는 사람을 제압하기 위해 슬슬 마나를 끌어올렸다.

우우우웅.

그 때문인지 전화의 감도 좋지 못했다.

─…하자. 알겠지?

"응? 뭐라고?"

─…아니야. 아무튼 오늘 밤에 다시 전화할게.

이윽고 그녀는 전화를 끊었고, 화수는 곧장 뒤돌아서 자신을 따라오는 정체불명의 인물에게로 달려갔다.

'프로젝티드 이미지!'

화수는 자신의 이미지를 수백 개로 복사하여 작은 잔상만 남도록 한 후 적으로 예상되는 인물을 향해 돌진했다.

슈가가각!

하지만 그의 잔영이 화수의 머리 위로 높이 뛰어올랐다.

팟!

"노옴!"

화수는 재빨리 잔상으로 몸을 날렸고, 순간 정체불명의 인물이 화수에게 뭔가 날카로운 물체를 날렸다.

피융!

"화살?!"

놀랍게도 그가 날린 것은 화살이었는데 화수의 잔상을 스치고 지나갔다.

아마도 프로젝티드 이미지의 잔상을 구별하지 못하는 것 같았다.

덕분에 화수는 그의 목덜미를 낚아채 바닥에 내동댕이칠 수 있었다.

퍼억!

"꺄악!"

순간, 화수는 바닥으로 떨어진 사람이 여인이라는 것을 알 수 있었다.

눈밭을 뒹굴고 있는 그녀에게 다가간 화수는 얼굴을 확인했다.

"도대체 누군데 나를……."

순간 화수는 자신의 눈을 의심할 수밖에 없었다.

"어, 어어……?!"

그녀가 화수의 발목을 잡고 말했다.

"오랜만이지, 카미엘 총사령관님?"

화수의 표정이 서서히 굳어갔다.

"…샤넬리아?"

시공을 초월한 만남, 그녀는 연금술사 샤넬리아였다.

9장

그녀의 사정

누크의 한 술집.

화수는 마주앉은 그녀를 바라보며 도무지 이해할 수 없다는 듯이 물었다.

"어째서 그 모습 그대로 이곳에 있을 수 있는 것이지?"

"나는 연금술사야. 그걸 모르는 것은 아니겠지?"

"연금술사가 차원이동도 하나?"

"후후."

그녀는 화수가 카미엘이던 시절, 정복전쟁 직전에 북쪽 지방 소영지에서 처음으로 만난 엘프다.

숲의 종족인 엘프 중에서도 하얀 설원에서만 생활하는 그들은 주로 극지대에서만 가끔 발견되었다.

당시 대륙에 마녀사냥 열풍이 불면서 죄 없는 그들을 잡아다 화형에 처하는 말도 안 되는 풍습이 생겨났었다.

화수는 유색인종이나 유사인종을 학살하는 이들을 잡아다 문초하여 일벌백계했지만 그 사정은 좀처럼 나아지지 않았다.

화수는 백색의 마녀라는 누명을 쓰고 화형당할 뻔한 그녀를 구해주고 중앙군으로 데리고 와서 군이 그녀를 보호하도록 해주었다.

한마디로 화수는 그녀에게 있어 생명의 은인이나 마찬가지였다.

화수가 그녀를 구해주고 난 후 그녀는 화수에게 도움이 되고자 마법을 배웠고, 마도학의 한 갈래인 연금술을 다루게 되었다.

그리하여 그녀는 3년 만에 황실 연금술사로 임명되어 제국이 대륙을 일통하는 데 혁혁한 공을 세웠다.

그녀는 전생의 화수를 무척이나 흠모하고 있었으며 종국에는 연모의 마음까지 느끼게 되었다.

하지만 화수는 그런 그녀의 마음을 전혀 몰랐다.

"그나저나 아직도 성질머리 더러운 것은 여전하군. 이 가낣픈 여자를 바닥에 내동댕이치다니."

"그러니까 누가 뒤에서 슬금슬금 미행하라고 했나? 더군다나 네가 어디를 봐서 가냘픈 여자냐? 남자들 열 명이 덤벼도 가뿐히 이길 여자면서."

"흥, 그거야 종족이 다른 것뿐이고."

엘프는 전투적인 기질을 타고 태어났지만 살생을 싫어하는 성향과 집단생활보다는 단독생활을 즐기는 종족이다.

때문에 국가와 도시를 이루는 것은 애초에 있을 수도 없는 일이다.

그녀 역시 할 일을 끝내고 나면 항상 숙소에 처박혀 연금술이나 연구하고 있기 일쑤였다.

화수는 그녀의 백금발을 가리키며 물었다.

"그 머리는 어떻게 한 거지?"

그녀는 실소를 흘렸다.

"몇 번을 말해? 나는 연금술사라고."

"아아, 그랬던가?"

"머리색을 유럽인에 맞게 바꾸고 눈동자 색도 바꾸었어. 물론 귀 모양은 성형을 한 것이고."

"으음, 그렇군."

엘프의 특징은 뾰족한 귀와 우월한 미모, 그리고 붉은색 눈동자이다.

그녀가 마녀로 몰리게 된 것도 다 이 붉은색 눈동자와 백발 때문이었다.

만약 그녀가 타 종족으로 태어났더라면 아마 그런 핍박은 받지 않았을지도 모른다.

화수는 술잔을 채워 그녀에게 건넸다.

"사연이 많을 것 같군."

"말하자면 길어."

"길어도 괜찮으니 이곳에 온 경위에 대해 말해주었으면 좋겠어."

그녀는 슬머시 고개를 끄덕였다.

"좋아, 처음부터 차근차근 설명해 주지."

샤넬리아는 화수가, 아니, 카미엘이 죽던 순간을 회상했다.

＊　　　＊　　　＊

구제도 나르세우스 황궁.

이곳에 전 제국군 총사령관인 카미엘의 시신이 안치되어 있다.

현 제국의 전성기를 구축한 카미엘은 나르서스 제국 사상 가장 위대한 인물로 평가되는 사람이다.

하지만 그는 굳건한 제국을 세우는 대신 대륙의 평화라는 명목하에 문신들에 의해 숙청당하고 말았다.

그는 심장의 절반을 도려내는 극형을 당하고 난 후 제국군의 화살에 의해 벌집이 되어 죽어갔다.

사가들은 그의 죽음에 대해 통탄을 금치 못했지만 어쩌면 그것은 정해진 수순이었다고 입을 모았다.

대륙을 피로 물들이며 평화를 꾀하였지만 결국 폭력만으론 태평성대를 이룰 수 없었던 것이다.

황제는 그의 죽음을 슬퍼하며 동상을 세워주길 원했지만 문신들은 그 동상으로 인하여 제국이 또 한 번 분열할 수 있다고 하였다.

결국 황제는 카미엘의 시신을 금박하여 지하 밀실에 안치하고 그 안에 수많은 금은보화와 함께 봉인해 버렸다.

지하 밀실의 존재는 황궁에 사는 극히 일부의 귀족들만 아는 사실로 기사들에겐 성지와도 같은 곳이 되었다.

가끔 이곳으로 참배를 오거나 동방의 제사 의식을 치르는 사람들도 있었다.

샤넬리아 역시 주기적으로 그의 죽음을 기리기 위해 꽃과 술을 들고 찾았다.

흰색 국화와 싸구려 술 미란츠를 밀실 앞에 놓은 그녀는 흰색 천으로 카미엘의 일대기가 암호화되어 적힌 비석을 정성스럽게 닦았다.

슥삭슥삭.

카미엘의 이름이 적힌 비석을 닦는 내내 그녀는 뭔가를 연신 읊조려 댔다.

"그래, 사람의 인생이란 이렇게 허무한 법이지. 위대한 카미엘이 이토록 허무한 죽음을 맞이하다니⋯⋯."

도저히 그의 죽음을 믿기 힘들었지만 이미 일은 벌어진 이후였다.

그를 죽음에서 구하기 위해 많은 사람이 동원되었지만 하나같이 실패하고 말았다.

갖은 설득과 회유에도 그는 굴하지 않았고, 결국에는 심장을 뜯기는 고통 속에 죽어간 것이다.

"불쌍한 사람."

그녀는 반짝거리는 비석을 모두 다 닦은 후 자리에서 일어나 자신의 갈 길을 갔다.

참배를 마치고 지상으로 나온 샤넬리아의 곁으로 한 젊은 청년이 다가왔다.

"당신이 샤넬리아?"

"어둠의 일족인 모양이군."

"성 밖에 여관을 구해두었다. 그곳에서 얘기하지."

"좋아, 그렇게 하지."

두 사람은 말을 타고 황도의 성벽을 넘어 나르세우스 외곽에 위치한 여관으로 향했다.

여관에는 청년과 비슷하게 생긴 남자 넷이 주변을 살피고 있었다.

"장로가 직접 온 것 같군."

"그렇다. 때문에 만남은 최대한 짧고 간결하게 끝냈으면 한다."

아직까지 제국에는 마녀사냥이 끝나지 않았기 때문에 그들은 엘프족을 발견하는 즉시 그들을 죽이려 득달같이 달려들 것이다.

때문에 샤넬리아는 어둠의 일족인 다크엘프와의 교접을 상당히 신중하게 진행했다.

그들의 안내를 따라 여관 안으로 들어선 샤넬리아는 짙은 흑색의 머리카락과 검은색 눈동자를 가진 다크엘프 장로와 마주할 수 있었다.

"어서 오시게, 눈의 종족이여."

"오랜만이군. 그쪽 사정은 좀 어때?"

그는 고개를 가로저었다.

"다 죽고 얼마 남지 않았다. 아마도 우리 종족은 지하로 숨어들어 새로운 삶을 개척해야 할 것 같다. 눈동자 색이 위화감이 덜한 다른 종족에 비해 우리는 핍박이 더 심하니까."

다크엘프는 실제로 인간들에게 해를 가하거나 가축을 잡아먹는 등의 행동을 한 적이 한 번도 없었다.

그들은 단지 종족의 특성상 피부와 눈동자가 온통 검은색일 뿐 고기를 먹지 못하는 일반적인 엘프들과 다를 바가 없었다.

그럼에도 불구하고 인간들은 그들이 악마의 화신이라고 굳게 믿으며 보이는 족족 잡아다 화형을 시켜 버렸다.

결국 5천에 이르던 그들의 숫자는 이제 400명도 채 남지 않았다.

다크엘프 장로 알타는 자신들의 거처를 사막의 지하 어딘가로 정해놓고 그곳에서 영원토록 나오지 않을 생각이다.

지금 그녀를 만나는 것이 아마도 마지막 지상행이 될 것이다.

"그래, 나에게 묻고 싶은 것이 있다고?"

그녀는 그에게 금화 주머니 두 개를 건네며 말했다.

"우선 이것을 받아두도록."

"이게 뭔가?"

"사람이 살아가자면 먹을 것도 필요하고 집도 지어야 할 것 아닌가? 더 이상 숲에서 살 수 없으니 바위라도 깎아서 집을 짓도록 해."

"…고맙군."

비록 그녀가 건넨 것은 인간의 금화이긴 하지만 그들이 살아가는 데 아주 유용하게 쓰일 것이다.

"아무튼 나를 찾은 이유가 궁금하군. 연금술을 연구하고 있다고 들었는데 엘프족의 조언이 도대체 어디에 필요하다는 건가?"

"그대들이 다루는 어둠의 정령에 대해 알려주었으면 한다."

"어둠의 정령?"

그녀는 카미엘의 초상화를 펼쳐 그에게 보여주었다.

"사실은 어둠의 정령으로 이 사람의 영혼은 불러들였으면 해서 말이야."

순간 얄타의 얼굴이 와락 일그러진다.

"강령술은 금지된 술법이다. 잘못하면 술자 자신이 귀신에게 잡아먹혀 죽음을 초래할 수도 있단 말이다."

"상관없어. 어차피 한 번 죽은 목숨이다. 다시 한 번 죽는다고 달라지지 않아."

"네 영혼이 물들어 다시는 찾을 수 없을 텐데?"

"괜찮아. 그러니 알려줘."

얄타는 얼마 남지 않은 동족의 부탁을 뿌리치기 힘든지 깊은 한숨을 내쉬었다.

"후우, 이것 참."

"원한다면 금화를 더 줄 수도 있다. 어차피 나에겐 필요 없는 물건이야. 똑같은 양의 금화 주머니가 족히 200개는 더 있다. 어때?"

"문제는 돈이나 물질이 아니다. 네 영혼이 병들 수도 있다는 것이지."

"내 운명은 내 스스로 결정한다. 그러니 걱정할 필요 없어."

그는 샤넬리아의 굳건한 다짐이 눈으로 투영되고 있음을 느꼈다.

"좋아, 그럼 내가 자네를 돕도록 하지."

"고마워."

"내일 다시 이곳으로 오도록 하게."

"알겠어. 고마워."

"별말씀을. 하지만 일이 잘못되어도 나를 원망하는 일은 없었으면 좋겠군."

"물론이다."

샤넬리아는 자신이 가진 모든 재산을 털어오기 위해 다시 황궁으로 향했다.

*   *   *

황궁에 위치한 궁정 연금술사 숙소에서 무려 금화 1만 개를 챙긴 그녀는 마차를 끌고 여관으로 향했다.

연금술사들은 일상생활에 필요한 물품들을 만들어 파는데, 대량생산으로 판매한 물품들의 가격을 모두 합치면 그 금액이 꽤 대단했다.

때문에 보통 연금술사의 재정은 일반 남작령에 버금갈 정도이다.

그녀는 돈에 큰 관심이 없었기 때문에 벌이가 그리 좋은 편이 아니었다.

그럼에도 불구하고 그녀는 1만 골드라는 엄청난 돈을 벌어들였다.

다그닥다그닥!

직접 마차를 몰아 여관에 도착한 그녀는 벌써 떠날 차비를 마친 얄타와 마주했다.

"정말 엄청난 양의 금화를 가지고 왔군."

"마음먹고 1년만 바짝 벌면 이 정도는 아무것도 아니지."

"역시 마법이라는 것이 좋긴 좋군."

"아무튼 어서 가지. 이대로 꾸물대다간 모두 다 죽을 수도 있어."

"알겠다."

그녀는 얄타와 함께 서부의 사막지대로 향했다.

해안과 인접한 서부 사막지대는 교역의 중심지이지만 그 중앙 지역은 사람이 거의 살지 않았다.

때문에 다크엘프들이 살림을 꾸리기엔 안성맞춤이었다.

항구에서 필수품과 건축 자재를 구매한 후 곧장 지하 굴로 들어온 얄타는 자신의 방에 쌓여 있는 고서적 중 한 권을 건넸다.

"고대의 선인들이 사용하던 사령술에 대한 책일세. 아마도 이 한 권이면 사람 한 명을 구하는 데는 전혀 무리가 없을 거야."

"이곳에서 정독한 후에 나가도 괜찮겠나?"

"물론. 머물고 싶은 만큼 머물다 가도록."

그녀는 얄타의 방에 머물며 사령술에 대해 연구하기 시작했다.

*　　　*　　　*

사령술을 무려 한 달 가까이 연구한 그녀는 드디어 카미엘의 혼백을 불러들여 강령시킬 수 있는 방법을 터득했다.

그녀는 카미엘의 밀실 앞에 서서 죽음의 정령 데드럴을 소환했다.

끼이이이이이엥!

데드럴은 박쥐의 형태로 된 정령인데, 영계를 떠돌아다니다 술자의 부름에 따라 소환되는 하급 정령이다.

죽음의 정령은 모두 영계에 머물고 있기 때문에 고위급 정령을 소환하려면 적어도 한 번쯤은 죽음을 경험해야 했다.

고대 서적에 의하면 죽음의 정령 중에서도 상급 정령인 저승사자와 계약을 맺은 사람은 지금까지 단 한 명뿐이라고 했다.

그는 죽음의 목전에서 저승사자와 교감하여 되살아났는데, 그때부터 저승사자와 정식으로 계약을 맺었다고 한다.

조금 허무맹랑한 소리이긴 하지만 고대 서적의 흐름으로 미뤄봤을 때 그 즈음부터 죽음의 정령술이 생겨난 것은 확실해 보였다.

샤넬리아는 데드럴에게 자신의 피를 나누어 주고 카미엘의 영혼을 찾아오도록 부탁했다.

"이 사람의 영혼을 찾아줘."

끼에에에에엑!

―츕츕!

그녀의 팔뚝에서 피를 마음껏 빨아 마신 데드럴은 이내 자취를 감추었다.

팟!

녀석이 사라진 후 그녀는 현기증을 느끼며 그 자리에 털썩 주저앉고 말았다.

"후우, 역시 죽음의 정령을 다루는 것은 쉽지 않은 일이구나."

하급 죽음의 정령의 경우엔 사람의 피를, 그 위로 올라갈수록 인간의 가장 중요한 부분을 대가로 주어야 한다.

얄타가 죽음의 정령술이 영혼을 병들게 한다고 한 것은 적어도 중급 이상의 정령과 계약했을 때에나 해당되는 얘기다.

하급 중에서도 최하급에 해당되는 데드럴은 그저 피 한 모금이면 충분히 그녀의 말에 따를 것이다.

약 10분 후 데드럴이 그녀의 앞에 다시 나타났다.

팟!

그런데 녀석의 온몸이 피와 화상으로 가득했다.

끼이이이이.

"어, 어라? 몸이 왜 이래?"

녀석은 자신의 이빨을 그녀의 목덜미에 박아 넣어 기억을 공유했다.

끼이잉!

"으윽!"

그러자 그녀의 눈앞에 생전 처음 보는 풍경이 스쳐 지나갔다.

"여, 여긴……?"

박쥐인 데드럴이 그런 자세한 것까지 알 리는 만무하고 이제부턴 그녀가 카미엘을 찾아가야 할 차례였다.

 가끔 영혼이 다른 차원을 부유하는 경우가 있는데, 지금의 경우엔 영혼이 새로운 보금자리를 찾은 것 같았다.

 그러니 다시 영혼을 불러들이는 것은 어렵고, 직접 카미엘을 데리고 오는 방법이 유일해 보였다.

 "역시 죽은 사람을 다시 데려오는 일은 쉽지가 않군."

 그녀는 이내 마법사들의 요람인 상아탑으로 향했다.

*   *   *

 상아탑에는 1만 년 전, 드래곤이 마법을 창시했을 때부터의 기록이 아직도 세세히 남아 있었다.

 신의 하수인인 드래곤은 인간들이 이 땅에 정착하는 데 필요한 몇 가지 요소를 그들에게 선물했다.

 물, 불, 돌, 나무, 흙을 인간에게 선사하고 비와 바람을 내려 농사를 짓고 수렵을 할 수 있도록 했다.

 그 이후에 드래곤은 인간들에게 마나와 자신들의 언어인 룬어를 전수하였다.

 이때부터 루야나드 대륙에는 마법이 고도로 발달하게 되었는데, 학자들은 드래곤이 천사를 의인화한 것이라고 말하곤 한다.

설화야 어찌 되었든 루야나드에 마법이 생긴 것은 1만 년 전. 그 기록은 모두 상아탑에 기재되어 있었다.

상아탑 수석 연금술사이던 그녀는 고대도서관을 열람할 수 있는 권한을 가지고 있었다.

때문에 이곳을 자유롭게 드나들 수 있었으며 고대의 마도사들이 영혼을 따라 공간이동을 했는지에 대해 알아볼 수 있었다.

공간이동에 대해 알아본 지 반년, 그녀는 드디어 단서를 찾아냈다.

약 2천 년 전, 한 마도사가 타 차원으로 차원이동을 시도했다가 사지가 찢겨 죽었다.

그리고 그 마도사의 시신은 현 황도인 나르세우스 북쪽에 있는 엘레아 강에 떨어져 내렸다고 한다.

그 때문에 사람들은 누군가를 저주하는 말이나 죽음을 상기시킬 때 엘레아 강을 거론하곤 했다.

그녀는 왜 '엘레아 강에 떨어져 죽을 놈아!' 라는 말이 생겼는지 알 수 있었다.

샤넬리아는 비운의 마도사 베럴의 흔적을 찾아서 기나긴 여행을 시작하기로 했다.

제국의 극동에 위치한 작은 마을 베럴타운은 그의 이름을 따서 만든 곳으로, 마법사 베럴에 대한 흔적이 아주 많이 남아 있었다.

그녀는 상아탑 수석 연금술사의 자격으로 베럴타운에 있는 베럴의 생가를 찾아갈 수 있었다.

이곳은 그가 죽은 시점부터 상아탑 소속 마법 유적지로 지정되었다.

그 때문에 2천 년이 지난 지금도 그 골조와 기록 서적들이 그대로 남아 있었다.

베럴의 생가 지하에 위치한 그의 서재에는 무려 2천 권이 넘는 서적이 보관되어 있는데 이것은 그가 50년 동안 지하 밀실에 칩거하며 만들어놓은 기록이다.

아마 이곳에서 차원이동에 대해 알아낼 수 있을 것이다.

그녀는 지하 밀실에서 서적을 읽어보았다.

이것들은 차원의 문을 어떻게 여는가에 대한 기록이라는 것을 알 수 있었다.

한마디로 그는 차원이동에 미쳐서 평생을 바친 것이다.

그렇게 기록을 조사한 지 어언 4개월, 그녀는 드디어 차원의 문을 어떻게 열 수 있는지 알아냈다.

그것은 바로 차원 외곽 마법인 라이트 보이드를 이용하여 차원의 틈에 구멍을 뚫는 것이었다.

이 과정에서 대부분의 사람은 아공간에 빨려들어 죽음을

맞이하거나 마나의 폭주로 인하여 온몸이 터져 죽어버리고
만다.

베럴 역시 라이트 보이드로 차원의 틈에 구멍을 뚫고 차원
이동을 시전한 것이다.

이것이 바로 그가 주장한 텔레포트 이론의 중심 가설이었
고, 그것은 그가 사라져 약 보름 후에 시신으로 발견된 것으
로 일부 입증되었다.

라이트 보이드는 마나로 아공간의 아주 작은 구멍을 소환
하는 일종의 미니 블랙홀이라고 할 수 있었다.

이 라이트 보이드에 닿는 모든 물건은 무의 상태로 돌아가
이 세상에서 자취를 감추어 버린다.

하지만 그 마력이 워낙 약하기 때문에 온전히 무로 돌아가
는 것은 불가능하고 물체의 입자를 물의 형태로 녹여 버리는
데 그쳤다.

베럴은 오로지 이 라이트 보이드를 연구하여 종국에는 아
공간의 입구를 100% 가동화시키는 데 성공했다.

그 효과로 인하여 차원의 틈에 구멍이 생겼고, 그는 그것을
타고 정체불명의 여행을 시도했다.

모든 마법사는 그가 미친 짓을 했다고 평가하고 있지만 시
신이 아공간으로 들어갔다가 되돌아온 것은 텔레포트 이론이
아주 허무맹랑한 것은 아니라는 사실을 입증했다고 볼 수 있

었다.

한마디로 그녀가 이 라이트 보이드 텔레포트 이론을 성사시킨다면 다시 그를 데리고 오는 것도 가능하다는 소리였다.

하지만 그녀가 이 보이드 텔레포트를 시전하기 위해서는 지금의 무려 열 배에 달하는 마력이 필요했다.

베럴이 어째서 마도학 역사에 있어 가장 중요한 인물로 평가되는가 하면 그의 성취가 사상 최고였기 때문이다.

카미엘은 마나코어로 생물을 단련시키는 방법을 사용해 최고의 마도학자가 되었지만 그는 오로지 자신의 노하우만으로 9서클 마도사가 되었다.

이것은 인간의 한계를 뛰어넘은 것으로 만약 그가 텔레포트에 미치지 않았다면 마법은 지금보다 훨씬 발달했을 것이라고 학자들은 말했다.

어찌 되었든 그녀는 이대로 베럴을 따라갈 수 없기 때문에 자신의 한계를 마도학으로 넘어설 계획을 세웠다.

카미엘의 가르침을 계승하는 마도학파 수장 베리드를 찾아간 그녀는 스스로를 마도병기로 만들어줄 것을 부탁했다.

하지만 그는 더 이상 마도병기를 생산하지 않을 것이라고 말했고, 어쩔 수 없이 그녀는 자신의 계획을 밝힐 수밖에 없었다.

그녀의 장대한 계획을 들은 베리드는 단박에 그 계획에 동참하기로 했다.

"그분을 따라갈 수 있다니, 그 얼마나 큰 영광입니까?"

"하지만 우리의 목숨을 버려야 할 것이다. 그래도 괜찮겠나?"

"물론. 당연합니다."

그는 자신의 계획을 성사시킬 날을 일주일 후로 정했다.

"저의 사가에 수술실을 준비하겠습니다. 또한 현재 제국에서는 마도병기를 모두 폐기하는 중이니 최대한 신중하게 움직여야 할 겁니다."

"좋아, 최대한 조용히 움직이도록 하지."

두 사람은 원대한 계획을 실행하기 위해 의기투합했다.

*   *   *

베리드는 무려 일반 마도병기에 비해 두 배나 많은 마나코어를 그녀의 몸에 심기로 했다.

심장의 반쪽을 마나코어로 개조하고 보조 마나 홀로 불리는 단전에 또 하나를 심어 넣기로 한 것이다.

만약 이것으로 공간이동에 필요한 마력을 충족시키지 못한다면 그녀의 뇌를 절반으로 갈라 그 역시 마나코어로 만든다는 것이 두 사람의 계획이었다.

그 어떤 누구도 시도하지 못한 방법이지만 둘의 행보에는 거침이 없었다.

그녀는 수술실이 마련된 즉시 수술을 감행하여 심장과 단전을 개조해 네 배나 더 높은 경지에 이르게 되었다.

하지만 마나가 폭주할 위험 역시 네 배나 높아지게 되었다.

샤넬리아는 그것으로도 모자라 자신의 온몸에 룬어를 새겨 마법 시전에 필요한 마나를 최대한 아끼기로 했다.

전신을 빽빽한 문신으로 칠갑한 그녀는 드디어 마법진 위에 섰다.

"후우, 긴장되는군."

"긴장할 것 없습니다. 당신이 돌아오지 않으면 나 역시 똑같은 시도를 할 겁니다. 만약 돌아온다면 뇌까지 개조해서 다시 시도할 것이고요."

두 사람은 손을 마주 잡았다.

"반대편 세상에서 다시 봅시다."

"후후, 꼭 그러자고."

그녀는 마나코어를 발동시켰고, 그와 함께 라이트 보이드를 시전했다.

'라이트 보이드!'

츠츠츠츠츠츠!

주변에 엄청난 진동이 느껴지더니 이내 땅속에서 거대한

검은색 구체가 모습을 드러냈다.

쿠크크크크, 콰아앙!

"이, 이것이 바로……!"

주변의 공기마저 무의 형태로 만들어버릴 정도로 강력한 아공간의 에너지가 그 위용을 뽐내고 있다.

샤넬리아는 그 아공간으로 거침없이 자신을 밀어 넣었다.

"크으으으으윽!"

"샤넬리아님!"

"…다음에 다시……."

팟!

강렬한 마이너스 에너지를 내뿜던 라이트 보이드는 사라졌고 그녀 역시 자취를 감추었다.

*   *   *

아공간을 타고 얼마나 흘러 다녔을까?

그녀는 귓가를 간질이는 정체불명의 굉음에 눈을 떴다.

뿌우우우우!

마치 초대형 솥단지의 물이 끓는 듯한 증기기관 소리가 이곳저곳에서 울려 퍼지고 있었다.

"으, 으음……."

이윽고 정신을 차린 그녀는 자신이 전혀 다른 차원에 있음을 알 수 있었다.

생전 처음으로 보는 풍경.

그녀는 자신의 신체를 개조하여 드디어 차원이동에 성공한 것이다.

"서, 성공이다!"

사람들은 처음 보는 양식의 옷을 입고 다니고 있었으며 전혀 새로운 언어를 사용하고 있었다.

이곳은 화수가 날아간 것으로 예상되는 지구가 확실해 보였다.

데드럴과 기억을 동기화했을 때 느낀 공기와 마나의 흐름이 지금 이곳과 정확하게 일치했다.

"차, 찾았다."

그녀는 그 자리에 무릎을 꿇고 앉아 환호성을 내질렀다.

* * *

그녀는 자신이 100년 전에 지구로 차원이동하여 날아왔다고 주장했다.

그 증거로 지금 그녀는 전신이 멀쩡한 상태로 지구에 올 수 있었던 것이다.

"신기한 일이군. 나 역시 차원이동은 그저 미치광이가 만들어낸 허황된 이론이라고 생각했거든."

"아니, 그렇지 않았다. 그는 옳은 생각을 한 거야."

"참, 이 세상에는 별의별 일이 다 일어나는군."

"네 영혼이 지구로 날아가 다른 신체에 달라붙은 것 또한 별일이었지. 지금까지 이런 경우는 없었어."

화수는 그녀를 신기하다는 듯 바라보았다.

"그나저나 아주 큰 결심을 했군. 나를 데리러 오다니 말이야."

"나는 당신이 그렇게 억울하게 죽었다는 것을 인정할 수 없었다. 그래도 생명의 은인 아니었나?"

"후후, 그렇게 생각해 주다니 영광이군."

그는 불현듯 그녀가 이곳에 온 목적을 이루었는지에 대한 의구심이 들었다.

"그나저나 이곳으로 온 목적은 이루었나? 다시 루야나드로 되돌아갈 수 있는 거야?"

그녀는 실소를 흘렸다.

"후후, 내가 바보인가? 만약 그랬다면 지금쯤 총기와 폭탄을 가지고 돌아가 원수를 갚고도 남았지."

"하긴."

샤넬리아는 자신의 상태에 대해 설명했다.

"우선 나에게 달려 있던 두 개의 마나코어가 모두 완파되었다. 그리고 몸속에 남아 있는 마나 역시 아주 옅고 희미하지. 지금까지 모아온 마나론 절대로 그곳에 갈 수 없어. 그리고 가장 중요한 것은 다시는 아공간을 통해 그곳으로 갈 수 없다는 거야."

"뭔가 문제가 생겼나?"

"베럴이 아공간의 벽을 뚫고 내가 그 작은 구멍을 통과하면서 아공간의 벽이 무너지고 다시 생성되어 이전보다 훨씬 더 두꺼운 벽을 생성하게 되었다. 아마 내가 예전의 힘을 다 회복한다고 해도 절대로 아공간을 뚫을 수는 없을 거야."

"그렇군."

"그나마 내가 이렇게 살아남아 너를 찾아온 것만으로도 기적이라 할 수 있지."

두 사람은 다시 한 번 술잔을 비웠다.

화수는 그녀에게 자신을 찾아올 수 있었던 이유에 대해서도 물었다.

"그런데 내가 이곳에 있을 것이라는 사실은 어떻게 알았지? 지구는 아주 넓고 사람은 많은데 말이야."

"후후, 내가 바보인가? 마나코어를 그렇게 대놓고 팔아대는데 내가 당신을 못 찾을까 봐?"

그는 아주 당연한 사실을 깜빡했다는 생각에 멋쩍은 미소를 지었다.

"하하, 하하! 그건 그렇군."

"예나 지금이나 멍청한 것은 여전하군."

이윽고 화수는 자리에서 일어나 그녀에게 말했다.

"나와 함께 가자. 다시 고향으로 돌아갈 수는 없어도 고향 사람들끼리 함께 살 수는 있는 것 아닌가?"

"하지만 나는 이방인인데?"

"뭐 어때? 나도 이방인인데."

"훗, 그건 그렇군."

두 사람은 술집을 나와 한국으로 향했다.

10장
그녀의 부탁

화수와 한국으로 온 샤넬리아는 자신이 지금까지 쌓아온 명성을 그대로 사용하여 화수와 함께하기로 했다.

　그녀는 마법으로는 풀 수 없는 아공간의 미스터리를 풀기 위해 물리학을 전공했다.

　샤넬리아는 무려 100년 전 유럽에 떨어져 목숨을 연명하며 살았다.

　당시에는 신분을 위조할 수 있는 수단이 꽤나 많았기 때문에 그녀가 프랑스 국적을 취득하는 데는 그리 힘들지 않았다.

　더군다나 그녀가 이 세상에 발을 들였을 때엔 1차 세계대전이 한창이었기 때문에 자리를 잡는 것이 오히려 쉬웠다.

프랑스 시민이 된 그녀는 프랑스대학에 입학하여 물리학을 전공하고 1925년에 박사학위를 취득했다.

그 유명한 아인슈타인의 강의를 들으며 물리학에 대한 고찰을 계속하던 그녀는 끊임없이 블랙홀 이론에 집착했다.

그렇게 10년을 정진하여 논문을 발표했지만 그녀의 학설은 학계의 무시를 받았다.

그녀가 내세운 이론은 블랙홀과 화이트홀 중간에 아공간이 존재하는데 이 아공간을 통해 차원이동이 가능하다는 것이었다.

마치 SF소설을 읽는 것 같다는 평가를 받은 그녀는 더 높은 학문을 위해 자존심을 접고 난이도 낮은 논문을 발표하여 박사학위를 취득했다.

그 이후 그녀는 2차 세계대전 당시까지 무려 네 번의 신분세탁을 통해 자신을 세계 속에 숨겨왔다.

엘프의 수명은 1,500년으로 그중에 청년기가 무려 1,000년이나 지속된다.

300살 전후를 유년기, 1,200살 이후부터는 노인기로 치는 엘프로선 외모로는 나이를 가늠할 수 없다.

세월을 거스르는 그녀의 외모는 자연스럽게 이 세상에서 살아남을 수 없을 정도였다.

그러니 하나의 신분만으로는 도저히 생활할 수 없었던 것이다.

계속해서 물리학을 연구하긴 했지만 그녀는 무려 수십 가지의 직업을 가졌고, 그중에는 의사도 있고 간호사도 있었다.

그런 과도기를 거쳐 지금의 그녀가 되었고, 20개의 이름과 국적, 직업을 갖게 된 것이다.

그녀는 자신의 수많은 직업 중에서 천재 물리학자인 이바노바 일레나로 화수의 곁에 머물기로 했다.

대전 판암동에 위치한 화수의 본가를 찾은 그녀는 가족들과 인사를 나누었다.

"일레나라고 해요. 강화수 회장님과는 사업 파트너 겸 자문위원입니다."

"강지수예요."

"전 로이드입니다."

"저는 리처드이고요."

가족들은 인사를 나눈 그녀에게 지대한 관심을 갖는다.

"형님과는 어떻게 만나셨는지요?"

"가족 관계는요? 애인은 있어요?"

쉴 새 없이 쏟아지는 질문 속에서 그녀는 난감한 표정을 지었다.

"한 번에 한 사람씩만……."

그제야 그들은 스스로 오지랖이 넓었다는 것을 인정했다.

"아아, 미안해요."

"아무튼 잘 지내봐요. 앞으로 강화수 회장님과는 떼려야 뗄 수 없는 관계가 될 테니까요."

조금은 의미심장한 말이지만 그들은 대수롭지 않게 여기며 그녀를 환영했다.

*   *   *

화수는 그녀를 데리고 가오동에 위치한 술집으로 향했다.

무려 100년을 이곳에서 살아왔지만 그녀는 여전히 고기를 먹지 못했다.

엘프는 인간과는 신체적 구조가 조금 다른 형식으로 되어 있어서 오로지 채식만으로 생활했다.

이를테면 사자와 코끼리가 서로 다른 식단으로 생활하는 것과 비슷한 이치이다.

그중에 곡식으로 담은 술은 그녀가 가장 좋아하는 것 중 하나였다.

시원한 생맥주를 한잔 마신 그녀는 걸쭉한 감탄사를 뽑아냈다.

"크흐으으으! 바로 이 맛이지!"

"사람은 변하는 법이라고 하더니 너도 참 많이 변했군."

"뇌를 혹사하는 직업일수록 술과 담배를 더 많이 즐긴다는 것을 모르나?"

그녀는 탁자 위에 올려 있던 담배를 한 개비를 꺼내어 불을 붙였다.

"후우! 한 대 피우겠어?"

"마다하지 않지."

화수 역시 고물상을 하면서 배운 담배를 아직까지 피우고 있었다.

일반인 같으면 폐암이니 뭐니 해서 그 양을 줄일 법도 하지만 암 걱정이 없는 화수로선 마음껏 즐겨도 상관이 없었다.

화수와 마주 앉아 맥주를 마시던 그녀가 화수에게 말했다.

"듣자 하니 영향력이 대단하다면서?"

"대단한 것은 아니고 어쩌다 보니 사업에 손을 댄 것뿐이야."

"뭐, 어찌 되었든."

그녀는 화수에게 사진을 한 장 건넸다.

"부탁 하나만 하자."

"부탁?"

"이 사람들을 좀 찾아줘."

"으음, 이들은 또 누군가?"

"내가 죽을 뻔했을 때 구해준 사람들."

그는 사진 속에 나와 있는 아홉 명의 소년, 소녀들을 바라보며 물었다.

"사진어 굉장히 오래된 것 같은데, 언제 찍은 건가?"

"2차 세계대전 직전에."

"이, 이 사람들을 모두 다 찾아달라고?"

"아니, 그중에 일부만. 보면 알겠지만 장남과 차녀는 이미 죽고 세상에 없어. 나이가 나이니만큼 더 이상 살아 있기 힘들지."

"으음, 그럼 어떤 사람들을 찾아달라는 건가?"

"이 막내와 이 누나를 찾아주었으면 해. 당시 포로로 끌려간 사람들 속에 섞여 손을 놓치고 말았대."

화수는 8~9살 전후로 보이는 소녀와 다섯 살배기 남아를 바라보았다.

이목구비는 가족들이 거의 다 비슷해 보이지만 지금의 모습이 어떻게 생겼을지는 가늠하기 어려웠다.

"현재 생존해 있는 형제들은 몇이나 되지?"

"총 세 명. 나머지는 노환으로 모두 세상을 떠났어. 가끔씩 내가 증손녀라면서 찾아가는데, 그들 역시 언제 세상을 떠날지 알 수가 없어."

"으음, 그렇군."

"내 생명을 구해준 사람들이니 꼭 찾았으면 좋겠다. 내가 직접 찾고 싶지만 혼자만의 힘으로 찾기란 그리 쉽지가 않더군."

그녀는 화수에게 부탁이 있다며 며칠을 뜸 들였다가 겨우 입을 열었다.

아마도 자신의 추억이 담긴 사연을 갑자기 풀어놓기가 조금 민망했던 것 같다.

"아무튼 해줄 수 있나?"

"네가 그렇게까지 원한다면야 찾아봐야지."

"언제까지?"

"기한은 나도 장담할 수 없어. 최소한 단서가 몇 가지만이라도 더 있으면 좋겠지만 아는 것이라곤 프랑스 사람이라는 것밖에 없잖아?"

"또 하나, 수용소로 들어갔을 것이라는 사실이야."

"으음, 그렇군."

화수는 고개를 끄덕였다.

"알겠어. 최선을 다해 찾아보도록 하지."

"고마워."

"후후, 별말씀을."

"그리고 방해가 되지 않는다면 나도 함께 가고 싶어."

"으음, 좋을 대로."

두 사람은 남은 잔을 다 비우고 일어섰다.

＊　　　＊　　　＊

1940년, 프랑스는 독일군에 의해 심장부를 점령당하고 만다.

당시 1차 세계대전의 승전국이던 프랑스는 자국의 군사력에 대해 상당한 자부심을 갖고 있었다.

하지만 전투를 치르고 났을 땐 전혀 다른 결과가 나왔다.

독일은 히틀러가 주도하는 나치당에 의해 최신식 전차로 무장했지만 프랑스는 아직 1차 세계대전 당시의 군대에 머물러 있었던 것이다.

전차의 숫자에선 오히려 우위에 있던 프랑스지만 전차를 제대로 굴릴 수 있는 여력이 되지 않았다.

때문에 개전과 동시에 프랑스 파리가 독일군 수중으로 넘어가는 사태가 발생하고 말았다.

이때 파리의 시가지는 거의 초토화되었으며 엄청난 숫자의 포로와 전쟁고아가 생겼다.

화수는 당시 전쟁이 일어난 격전지에서 독일의 수용소로 붙잡혀 간 민간인과 군인들을 차례대로 만나보기로 했다.

그때 나이가 지긋하던 사람들은 이미 생존해 있을 수 없기 때문에 당시 10대 초반에서 30대 초반이던 사람들을 조사했다.

화수는 프랑스군에서 복무했으며 포로수용소에서 빠져나와 노르망디 상륙작전에 참여한 르루아 에릭을 만날 수 있었다.

그는 18세의 나이에 입대하여 2차 세계대전 당시 각 격전지를 모두 전전한 탓에 온몸 가득 상처를 달고 살았다.

지금은 거의 죽을 날만 기다리고 있는 노인이지만, 당시에는 훈장이 무려 20개나 되는 전쟁영웅이었다.

제대 당시의 계급은 중령으로, 초고속 승진으로 최단 기간에 영관급 장교에 오른 역사적 인물이다.

에릭은 프랑스가 포격을 받았던 시절을 떠올렸다.

"피가 전선을 따라 일렬로 칠갑되어 있었지. 그때의 전우 중에 살아남은 사람은 나뿐이야. 그나마 나의 신체 능력이 그들보다 뛰어나지 않았다면 벌써 저세상 사람이 되었겠지."

그의 눈동자에서 인생의 회한이 느껴졌다.

화수는 그에게 사진을 보여주며 물었다.

"혹시 이런 사람들을 아시는지요?"

좌측 포켓에서 돋보기를 꺼낸 그는 화수가 건넨 사진을 보았다.

"으음, 이렇게 봐서는 잘 모르겠는걸."

"한 번만 자세히 봐주십시오. 전쟁 통에 가족을 잃어버린 불쌍한 사람들입니다."

그는 안타까운 표정을 지었다.

"전쟁 통에 가족을 잃은 사람이 어디 한둘이겠는가? 나도 이런 경우를 수없이 봤지만 가족의 품으로 돌아간 사람은 그렇게 많지가 않아."

"그렇군요."

"다만 내가 도와줄 수 있는 것이 있다면 당시 수용소에 함께 갇혀 있던 사람들의 명단 정도이네."

"아직도 그들과 연락하면서 지내십니까?"

"자주 만나지는 못하지만 가끔 만나서 맥주 한잔 정도는 했지. 하지만 요즘 들어 통 연락이 없는 것을 보면 몇 명은 죽었을지도 모르겠어."

화수는 그에게서 전화번호부를 받아 들어 그 번호와 이름, 주소를 메모했다.

"지금은 어디서 무엇을 하는지 몰라도 꼭 가족의 품으로 돌아갔으면 좋겠네. 만약 죽었다면 대신 명복을 빌어주게."

"예, 어르신."

깊이 고개를 숙이고 돌아서는 화수에게 그가 지갑에서 지폐를 몇 장 꺼내주었다.

"그리고 이것도 가지고 가게."

"이런 것은 받을 수가……."

"좋은 일을 하는 젊은이가 보기 좋아서 주는 걸세. 노인네 손이 부끄럽지 않도록 해주게."

화수는 멋쩍은 얼굴로 쭈뼛쭈뼛 돈을 받았다.

"감사합니다. 이 돈은 좋은 곳에 쓰겠습니다."

"그래, 그래주게. 그리고 그 사람들을 찾으면 나에게도 소식을 전해주게."

"알겠습니다."

그는 노인의 명함과 이메일 주소를 받고는 이내 돌아서 파리공항으로 향했다.

＊　　　＊　　　＊

르루아 에릭은 자신의 파리항공 VIP 회원카드를 화수에게 주었다.

직원들은 VIP 카드를 받자마자 재빨리 퍼스트클레스석을 준비해 주었다.

그리고 파리항공을 사용하는 한에 비행기 삯이 모두 무료라고 했다.

화수는 잘 모르고 있었지만 르루아 에릭은 2차 세계대전 프랑스 전우회의 회장이며 굴지의 다국적 기업 앙레루아의 전 회장이었다.

사람들에게 잘 알려지지는 않았지만 앙레루아의 영향력은 항공, 운수, 해운, 통신 등에 걸쳐 전 세계적으로 수많은 지분을 가지고 있었다.

그들이 가진 지분을 모두 다 종합하면 한 국가의 예산을 훌쩍 넘길 정도였으며, 운영권만 행사하지 않을 뿐이지 주주총회에서 충분히 큰소리를 낼 수 있었다.

다국적 투자기업인 앙레루아의 회장이 사용하는 카드를 내미니 파리항공이 발칵 뒤집히는 것은 어쩌면 당연한 일이었다.

그렇지만 화수는 그저 그가 대단한 전쟁영웅이라서 이런 엄청난 대접을 받는 것이라고 생각했다.

르루아 에릭 덕분에 편하게 룩셈부르크 핀델공항에 도착한 화수는 룩셈부르크 중심가로 향했다.

화수는 유럽 전역에서 가장 큰 출판사가 있는 룩셈부르크 뤼벤델 빌딩 라운지를 찾았다.

"이런 분의 소개로 왔습니다만, 뤼벤델 씨를 만날 수 있을까요?"

라운지의 안내원은 화수에게 정중히 인사를 건넸다.

"어서 오십시오. 강화수 씨 되시지요?"

"예, 그렇습니다."

"기다리고 계십니다. 이쪽으로 오시지요."

그녀를 따라서 뤼벤델 빌딩 최고층으로 올라선 그는 입구가 모두 대리석으로 된 사무실과 마주했다.

문은 최고급 원목이며 손잡이에는 루비와 블루사파이어가 박혀 있다.

'엄청난 갑부인 모양이군.'

화수는 그녀의 안내를 받아 회장실로 들어섰다.

"그럼 좋은 시간 되십시오."

"아, 네."

그녀에게 꾸벅 고개를 숙이고 회장실 안쪽으로 걸어간 화수는 주변이 온통 책과 총, 그리고 칼, 로봇 장난감으로 가득차 있어 마치 전시장에 온 것 같은 착각에 빠졌다.

"오오, 이건……."

개중에는 화수도 잘 아는 물건들도 놓여 있었다.

아주 오래된 미키마우스의 피규어와 조선시대에 사용하던 별운검도 있었다.

별운검은 조선시대 2품 이상의 무관이 왕을 경호할 때나 행사에 차던 검이다.

한국에서도 잘 찾아볼 수 없는 이 귀한 물건이 어떻게 이 빌딩에 있는지는 화수도 알 도리가 없다.

잠시 후, 회장실 구석에서부터 지팡이를 짚은 노인이 화수를 향해 걸어왔다.

"자네가 강화수라는 청년인가?"

화수는 노인을 보자마자 깊이 고개를 숙였다.

"예, 제가 강화수입니다. 어르신께선 뤼벤델이라는 존함을 사용하시겠군요."

"그래, 내가 바로 뤼벤델이라네. 르루아 씨의 소개로 왔다고?"

"예, 그렇습니다."

그는 화수에게 자신을 따라오라고 손짓했다.

"이쪽으로 오게. 차나 한 잔 마시면서 얘기하자고."

"감사합니다."

그는 화수를 회장실 안쪽으로 안내하곤 차가운 물에 우려 놓은 작설차를 한 잔 따라주었다.

"때론 이렇게 시원한 차를 마시는 것도 건강에 좋다네. 자네, 한국의 사상의학은 잘 알지?"

"예, 어르신."

"따뜻한 성질의 차를 시원하게 해서 마시면 자네나 나와 같은 고열 체질에겐 딱이야."

"사상의학에도 조예가 깊으신 모양이군요."

"이곳저곳을 다 다닌 글쟁이니까."

그는 화수가 이곳에 온 이유에 대해 이미 들은 모양이다.

"그래, 나에게 묻고 싶은 것이 있다고?"

"예, 어르신. 이 사람들을 아시는지 여쭙고 싶어서 왔습니다."

그는 화수가 건넨 사진을 바라보곤 알 듯 말 듯한 표정을 지었다.

"으음."

"어떻습니까?"

"혹시 이런 사람들을 찾는 건 아니겠지?"

뤼벤델은 책장에서 한 여인과 청년의 모습이 담긴 사진을 꺼내어 보여주었다.

그 사진 속에는 젊은 청년과 아리따운 아가씨가 팔짱을 낀 채 서 있었다.

"어, 어어……?"

"내가 볼 땐 이 남매가 확실한 것 같은데? 이름이 뭐라고?"

"이자벨과 필립입니다. 성은 모로나를 쓰고요."

"허허, 이런 우연이 다 있나? 이들은 지금 캐나다에 있네."

"그, 그걸 어떻게……?"

"어떻게 알긴, 모로나 이자벨이라는 사람은 내 친구의 와이프일세. 그러니 모를 수가 있나."

"아아! 기막힌 우연이 다 있군요!"

화수는 이 세상이 무척이나 좁다고 다시 한 번 느꼈다.

"사진 속 주인공들은 모두 다 살아 있습니까?"

그는 화수에게 명함을 하나 건네며 말했다.

"직접 찾아가 보게. 가서 그곳의 공기도 좀 마시고 머리도 좀 식히고 오게."

대답 대신 그들의 주소가 적힌 명함을 받은 화수는 깊이 고개를 숙였다.

"감사합니다. 이 은혜를 어떻게 갚아야 할지……."

그는 고개를 가로저었다.

"아니, 아니야. 내가 자네에게 고마워해야지. 가장 친한 친구 와이프의 가족들을 찾아주었으니 말이야."

뤼벤델은 화수에게 금박으로 된 명함을 건넸다.

"내 이름이 쓰여 있는 곳 어디라도 상관없네. 이것을 가지고 가면 뭐든 자네 것처럼 사용할 수 있어."

"이, 이런 귀한 것을 왜 저에게……."

화수는 르루아와 뤼벤델이 왜 자신에게 이렇게 잘해주는 것인지 이해를 할 수 없었다.

하지만 그 이유는 아주 간단했다.

그들은 전쟁 통에 가족을 잃은 사람들의 슬픔을 너무나도 잘 알고 있었다.

그들은 자신들의 아픔이 전쟁터에 있다고 믿고 있기 때문에 그들의 애환을 녹여줄 일이라면 자신의 가산을 나누어 주는 것쯤은 별것 아니라고 생각했다.

더군다나 타국의 청년이 남의 가족을 찾아준다고 돌아다니는 것이 상당히 갸륵한 모양이다.

"앞으로 자주 봄세."

"예, 어르신. 프랑스로 돌아가는 길에 또 들르겠습니다."

"허허, 그렇게 하게."

화수는 다시 발길을 돌려 캐나다로 향했다.

*   *   *

캐나다 토론토에 위치한 작은 미술관.

이곳에는 처참한 전쟁의 풍경이 담긴 유채화와 아름다운 세계 각국의 풍경이 담긴 그림들이 전시되어 있었다.

원한다면 작품을 팔기도 하지만 주인장의 기분에 따라서 그림을 구할 수 없을 때도 있었다.

올해로 83세가 된 이자벨 케리는 그림에 대한 천부적 재능을 타고났다.

그녀의 손끝에서 태어난 그림들은 30대 중반부터 빛을 발했고, 세계적인 작화가들의 극찬을 받았다.

하지만 결국 그녀는 화가의 길을 포기했다.

그녀가 마흔 즈음 그녀의 동생 필립이 베트남전쟁에 참전한 후 병을 얻어 사망하면서 그림에 대한 열정과 함께 삶의 의미를 잃어버린 것이다.

프랑스 전쟁고아에서 미국의 시민권을 얻은 필립은 미군에 입대하여 베트남전쟁에 참전했다.

이때 그는 전장에서 무려 10년을 넘게 희생했고, 그때 얻은 고엽제 후유증으로 뇌종양을 얻어 1년간 투병하다가 세상을 떠났다.

그때 그녀는 극심한 우울증에 시달렸고, 걸핏하면 자신의 손목을 긋는 자해 소동을 벌이곤 했다.

그 이후로 그녀는 더 이상 섬세한 터치와 아름다운 색채가 살아 있는 그림을 그리지 못하게 되었다.

그녀가 20년 동안 그려온 그림들은 갤러리에 전시되었다가 기분이 좋아지는 날이면 팔려 나갔다.

화수는 러브 필립이라는 이름의 미술관 관장 이자벨 케리와의 면담을 신청했다.

처음엔 듣도 보도 못한 기자가 자신을 찾아온 것이라고 생각한 이자벨은 화수를 다소 차갑게 대했다.

"무슨 연줄로 회장님들과 친분을 쌓았는지는 몰라도 쓸데없는 소리를 지껄이려거든 일찌감치 돌아가는 것이 좋아요."

화수는 고개를 가로저었다.

"그런 것이 아니고 선생님의 가족들을 찾아드리기 위해 왔습니다."

"가족이요?"

화수는 그녀에게 모로나 일가 형제들의 사진을 보여주었다.

"이 중에 두 분은 돌아가시고 세 분만 남으셨답니다. 아니, 이제는 네 분이겠군요. 필립 모로나 선생님까지 합친다면."

그녀는 화수가 건넨 사진을 뚫어지게 쳐다보더니 얼떨떨한 표정을 지었다.

"이, 이, 이건……."

"2차 세계대전이 터지기 전에 찍은 것이라고 들었습니다. 그 증손녀께서 직접 이곳에 오셨습니다."

이윽고 미술관 문이 열리며 샤넬리아가 들어섰다. 그녀는 샤넬리아를 발견하자마자 화들짝 놀라며 소리쳤다.

"샤론?! 맞아, 당신은 샤론이야!"

그제야 그녀는 잊힌 옛날의 기억이 떠오르는 듯했다.

"맞아, 맞아! 전쟁 통에 잃어버린 내 형제들의 얼굴은 바로 이렇게 생겼지."

"지금 이분들께서 당신을 애타게 찾고 있습니다."

"어, 언니들, 오빠들이?!"

"네, 그렇습니다."

기뻐하는 것도 잠시, 그녀는 이내 의기소침해졌다.

"하지만 나는 그들을 만날 수 없어요."

"예? 그게 무슨……."

"나는 동생이 전쟁에 미쳐서 돌아다니는 것을 막지 못했어요. 필립은 자신이 전쟁고아로 살아온 설움을 전쟁터에서 풀고자 했어요. 사람을 죽이고 또 죽이고……. 그러다 제 남동생은 신의 저주를 받았어요."

그녀는 고엽제 후유증에 시달리던 동생의 얼굴이 떠오르는 듯 머리를 부여잡았다.

"나, 나는 동생을 지키지 못했어! 그러니 가족들을 볼 면목도, 자격도 없어요!"

샤넬리아는 그녀의 손을 꼭 잡아주며 말했다.

"그들은 당신을 무려 70년간이나 기다렸어요. 이제는 더이상 생존해 있을지 없을지도 장담할 수 없지요. 그럼에도 불구하고 이곳에 계속 머물러 있을 건가요?"

"그, 그건……."

"어서 형제들을 찾아가세요. 그것이 죽은 동생을 위하는 길이기도 할 테니까요."

이윽고 샤넬리아는 미술관을 나섰고, 이자벨은 한참을 그 자리에 서서 울었다.

프랑스 파리에 위치한 작은 식당.

80대 노인들과 휠체어를 탄 90대 노인들이 누군가를 기다리는 듯 앉아 있다.

잠시 후, 저 멀리서부터 한 노파가 한껏 치장한 모습으로 걸어오고 있다.

순간, 노인들의 눈가로 기쁨과 안도감, 슬픔이 섞인 오묘한 감정의 눈물이 흘러내린다.

"이자벨?"

"언니?!"

"흑흑! 이자벨!"

"언니!"

"아이고, 내 동생아!"

"오빠!"

네 명의 노인은 서로 얼싸안고 안위를 확인하며 이마에 입을 맞추었다.

특히나 이자벨은 오빠들의 가슴을 주먹으로 마구 치며 어린아이처럼 울었다.

"흑흑! 이 나쁜 오빠야! 내 손을 꼭 잡았어야지!"

"…미안하다. 흑흑! 내가 미안해."

이제 다시 모인 가족들은 죽을 때까지 고향에 머물며 못다한 정을 나누며 살아갈 것이다.

그리고 이제 다시는 이자벨이 동생의 죽음으로 인한 죄책감으로 인해 우울증을 앓을 일도 없을 것이다.

무려 70년 만에 소원을 푼 샤넬리아는 화수의 회사에 머물며 그의 사업을 돕기로 했다.

또한 마도학을 조금 더 계량하여 의료 목적으로 사용할 수 있는 방안을 만들기로 결의했다.

판암동 화수의 본가로 향하는 길. 샤넬리아는 화수를 보며 슬그머니 고개를 숙였다.

"고마워. 내 소원을 이뤄줘서."

"고맙긴, 당연히 해야 할 일을 한 것뿐인데."

"그래도."

화수는 그녀의 어깨를 다독여 주었다.

"나와의 의리를 지키기 위해 이곳까지 온 네가 더 고맙지. 앞으로 이곳에서 다시 돌아갈 수 있는 방안을 함께 찾아보자고."

"그래."

두 사람은 함께 노을 빛 내려앉은 골목길을 걸었다.

『현대 마도학자』 9권에 계속…

외전

뜻밖의 인연

루야나드 대륙의 북쪽 나란츠 평야.

카미엘과 그의 수색대 400명이 말을 달리고 있다.

다그닥다그닥!

대대적인 대륙정복전쟁을 벌이기 전, 카미엘은 대륙 전역을 돌아다니며 지도를 수집하고 지형을 숙지하는 중이다.

그는 전쟁에서 가장 중요한 것은 정보이며, 그중에서도 지형에 대한 정보는 가히 전쟁의 승패를 좌우한다고 해도 과언이 아니라고 생각했다.

그런 이유로 수색대 병력 3만은 대륙 전역으로 퍼져 나가

지형지물에 대해 파악하고 그에 대한 보고서를 작성하고 있었다.

수색대는 400명을 한 팀으로 구성하여 사방으로 퍼져 나갔다.

한 팀에 글을 짓는 작가 열 명과 화가 스무 명을 대동하여 지형에 대해 자세히 묘사한 후 그것을 그림으로 옮겨 기록하도록 했다.

이렇게 그 지역에 대한 정보를 책으로 만들어두면 각 상황에 맞닥뜨려 전투를 벌일 때 필승을 장담할 수 있을 것이다.

나란츠 평야에는 지금 눈이 내리고 있었고, 카미엘은 숲에 진을 치고 상단으로 위장해 숙영하기로 했다.

아무리 카미엘이 유명한 기사라곤 하지만 그것은 제국 내에서 국한된 얘기였다.

대륙 전역에 있는 모든 사람이 카미엘의 얼굴을 알아보는 것은 아니기 때문에 충분히 상단으로 위장할 수 있었다.

늦은 밤, 카미엘은 화가들과 작가들을 대동한 채 전략지도를 완성하는 데 전력을 기울였다.

작가들은 이 근방 음유시인들에게 돈을 주고 날씨와 기후는 어떠하고 각 지방으로 향하는 지름길에 대한 정보를 얻어 그것을 정리하여 기록했다.

화가들은 각 지역을 돌아다니며 풍경을 스케치하고 물감으로 자세히 길을 묘사했다.

각기 각도를 달리 하고 해가 지고 뜨면 풍경이 어떻게 변하는지에 대해서도 달리 묘사하여 기록했다.

카미엘은 나란츠 평야의 전 지역을 모두 돌면서 이곳의 정보를 전부 다 파악했고, 그것을 머릿속에 입력시켰다.

이제 그는 당장 병사들을 이끌고 다니면서 정복전쟁을 벌여도 전혀 손색이 없을 정도가 되었다.

그는 자신을 따르는 백부장들과 화가, 작가들에게 술과 고기를 내렸다.

"아직 전시는 아니니 마음껏 먹고 마셔라."

"감사합니다, 각하."

"감사합니다!"

카미엘은 그들에게 황제가 직접 내린 술을 하사하고 자신은 싸구려 미란츠로 여독을 풀었다.

산에서 갓 잡은 꿩을 손질하여 구이를 만든 그는 백부장들과 함께 둘러앉아 전략에 대해 논했다.

"나란츠 평야에서 알토아니아 왕국의 심장부로 가는 지름길에는 총 몇 개의 초소가 있나?"

"초소는 총 스무 개이며, 병력은 서른 명이 채 되지 않습니다."

"생각보다 훨씬 허술하군."

"이곳은 200년 동안 전쟁이 없던 지역입니다. 각하께서 이렇게까지 심혈을 기울이셔서 준비한다면 피해를 거의 입지 않고 무혈입성을 할 수 있을 것도 같습니다."

"하지만 방심은 금물이다. 잘못하면 병력을 대거 잃을 수도 있어. 다른 지름길을 추가로 확보하여 퇴로까지 생각해야 한다."

"예, 각하."

카미엘은 꿩고기를 부하들에게 나누어 주곤 이내 술잔을 들었다.

"오늘도 수고했다. 한잔하지."

"감사합니다!"

그를 비롯한 다섯 명의 백부장이 술잔을 비웠다.

꿀꺽!

그와 동시에 바깥에서 시끌벅적한 소리가 들려왔다.

"잡아라!"

"놓치지 마라! 무조건 잡아라!"

카미엘은 술을 마시다 말고 백부장들을 쳐다보았다.

"무슨 일인가?"

"소장이 한번 확인해 보고 오겠습니다."

"아니다. 내가 직접 가봐야겠다."

"저희가 모시겠습니다. 수색대에 이런 소란이라니, 가만있을 수는 없지요."

카미엘과 그의 백부장들은 작은 단검을 허리에 차고 소란이 벌어지고 있는 현장으로 향했다.

병사들은 상단 짐꾼으로 위장하고 있는 상태였고, 소란이 벌어지는 곳을 가만히 바라만 보고 있다.

"무슨 일이냐?"

"한 여인이 마을 사람들에게 쫓기고 있습니다."

"이유는 알 수 없나?"

"마녀랍니다."

순간, 카미엘은 자신이 제국 전역에 내린 마녀사냥 금지령에 대해 떠올렸다.

'이곳에도 미친 사람들이 있군.'

요즘 대륙에는 유사인종을 마녀로 지정하고 그들을 핍박하고 죽이는 마녀사냥이 유행이었다.

이들은 아무런 죄도 없는 타 인종을 잡아다 자신들의 한을 풀고 그들을 재단에 바치는 엽기적인 행각을 자행했다.

마녀사냥은 유일신을 섬기는 주신교에서부터 시작되었는데, 이는 대륙 전역에 걸쳐 가장 큰 교단을 형성하고 있었다.

이들은 자신들과 눈동자 색이나 피부색이 다른 사람들을

이단으로 명명하고 학살을 천국으로 갈 수 있는 유일한 선행이라고 선전했다.

마침 대륙의 열강들에 의해 지배받던 약소 왕국의 국민과 노예들은 자신들의 회한을 유사인종으로 돌리기 시작했다.

그들의 광기는 서서히 최강 대국이며 선진국인 나르서스 제국까지 그 마수를 뻗쳐 유사인종 사냥을 부추겼다.

카미엘은 유사인종을 아무런 이유 없이 살해하는 경우 살해한 사람을 교수형에 처하고 그 가족을 노비로 전락시키겠다고 선포했다.

황제의 끊임없는 구휼정책으로 인해 민생이 안정된 가운데에서도 유사인종 살해는 극에 달했고, 카미엘은 병사들을 동원하여 그들을 구출하고 관련자들을 모두 숙청했다.

하지만 그럼에도 불구하고 광기는 쉽사리 가라앉을 생각을 하지 않았다.

카미엘은 엘프들과 드워프, 오크, 수인족 등 유사인종들이 살 수 있는 자치령까지 만들어주었지만 살해는 계속 이어지고 있는 중이다.

유사인종 자치령에 무려 3만이나 되는 경비 병력을 배치해두고 있지만 여전히 하루에 적어도 한 명은 죽어나가고 있으니 카미엘은 골치가 이만저만 아픈 것이 아니었다.

그는 북방의 이민족들이 벌이고 있는 살해 현장을 그냥 지나칠 수가 없었다.

"마르센."

"예, 각하."

"병사들을 무장시켜라. 저 여인을 구해야겠다."

"하지만……."

"제국법에 유사인종을 죽이거나 핍박하면 어떻게 한다고 되어 있나?"

"죽여야 한다고 명시되어 있습니다."

"우리는 제국의 법을 수호하는 군인이다. 비록 우리의 영토는 아니더라도 앞으로 우리의 백성이 될 이들이다. 적어도 저렇게 허무한 죽음을 맞도록 내버려 둘 수는 없다."

"알겠습니다. 그리 준비하겠습니다."

백부장들과 함께 무기를 챙긴 카미엘은 모두에게 복면을 쓰도록 지시했다.

"우리는 이제부터 무장 강도다. 그리고 유사인종은 노예로 팔기 위해 잡는 것이다. 알겠나? 최대한 거칠게 행동하라."

"예, 각하."

400명 모두가 말에 오르자 카미엘은 가장 먼저 말고삐를 당겼다.

"싹 다 조겨!"

"와아아아아아아!"

최대한 저렴한 말투로 돌진한 카미엘은 일선에서 유사인
종을 몰아가고 있는 몰이꾼들의 목을 쳤다.

"잡아라! 잡아라!"

"미친놈, 아주 살인에 눈이 돌았구나! 죽어라!"

퍼억!

푸하아아아악!

이윽고 카미엘은 자신의 옆에 있는 사내의 목덜미에 레이
피어를 찔러 넣었다.

푸욱!

"크허어어억……!"

"벌이다, 이런 빌어먹을 자식들아!"

카미엘은 몰이꾼 두 명을 사살한 후 가방에서 물맷돌을 꺼
냈다.

붕붕붕붕, 휘리리리리릭!

거대한 추가 서로 맞물리며 돌아가던 물맷돌이 빠른 속도
로 회전하며 여인의 발을 휘어 감았다.

파악!

"꺄악!"

"후후, 잡았군."

카미엘은 그녀의 머리에 자루를 덮어씌우곤 이내 마녀사 냥꾼 무리로 향했다.

이미 병사들은 그들을 칼집으로 두들겨 패며 제압하는 중이었다.

챙!

검을 뽑아 든 카미엘이 달려가 가장 거칠게 반항하는 청년의 오른쪽 가슴에 레이피어를 찔러 넣었다.

푸욱!

"크허어어억!"

"반항하면 이처럼 다 죽는다! 알겠나?"

그제야 싸움을 멈춘 마을 사람들이 시뻘건 눈으로 외쳤다.

"저년은 악마다! 저년을 죽이지 못하면 우리 마을이 불타 없어질 것이다!"

카미엘은 돌을 집어 던지며 소리치는 그들의 눈에서 진정한 악마를 보았다.

그것은 병사들도 마찬가지. 도저히 답이 없음을 느꼈다.

"각하, 이들은 정말이지……."

"구제불능이군. 이대론 안 되겠어. 다 죽이든지 퇴각하든지 둘 중에 하나는 해야겠군."

"어떻게 할까요?"

어차피 남자들은 전쟁이 발발하면 왕국군에 소속되겠지만

이대로 모두를 전멸시키면 정보를 얻어낼 수 없다.

카미엘은 퇴각을 선택했다.

"후방으로 빠지자. 평야를 가로질러 서부로 향한다."

"예, 각하."

백부장들은 부하들에게 조용히 작전을 전달했고, 카미엘은 이내 마을 사람들을 뚫고 나가기 위해 말을 배를 발로 힘껏 걸어찼다.

"가자!"

이힝힝힝!

마도군마의 엄청난 돌파력에 겁을 집어먹은 사냥꾼들은 혼비백산하여 물러섰다.

"사, 사람 살려!"

그를 따라서 400명의 군사가 줄을 지어 달렸고, 마을 사람들은 더 이상 카미엘의 군대를 뒤쫓지 않았다.

*   *   *

나란츠 평야 서부에 있는 샤이안 숲에 도착한 카미엘은 부하들에게 진을 치고 이곳에서 숙영할 것을 명령했다.

백부장들과 함께 복면을 씌워두었던 유사인종 여인의 포박을 풀어준 카미엘은 그녀에게 물을 건넸다.

"드시겠소?"

"…인간, 죽이려면 어서 죽여라. 나를 노예로 팔아먹는다면 그 주인을 칼로 찔러 죽여 버릴 것이다. 그러니 힘들이지 말고 지금 죽이는 편이 좋을 것이다."

카미엘은 주둔지 막사의 입구를 열며 말했다.

"원한다면 나가시오. 잡지 않겠소."

"그건 또 무슨 개소리냐? 그냥 죽이라고, 이 개자식아!"

잔뜩 흥분한 그녀가 코에서 김을 씩씩 내뱉으며 화를 내자 백부장들은 기가 막힌다는 듯 말했다.

"이런 은혜도 모르는 년 같으니! 당장 목을 베어……."

카미엘은 고개를 가로저었다.

"아니, 아니다. 흥분했다면 충분히 그럴 수 있지. 귀관들이 입장을 바꾸어 저런 상황에 처했다고 생각해 보라. 당연히 욕지거리를 내뱉을 수밖에 없지."

"끄응, 그건 그렇군요. 죄송합니다. 소장의 생각이 짧았습니다."

"아니, 아닐세. 일단 저 여자를 황도까지 데리고 가기로 하지. 이곳에선 쉽사리 결판이 나지 않겠어."

"예, 알겠습니다."

카미엘은 다시 한 번 물맷돌을 꺼내어 그녀를 포박하고 자신의 침대에 눕혀 재웠다.

늦은 밤, 막사에 있는 야전침대에 누워 잠을 청하고 있던 카미엘은 슬그머니 자신에게 다가오는 검은 그림자를 발견했다.

스르릉.

순간, 그 그림자는 검을 뽑아 들고 카미엘의 목덜미를 노렸다.

"찔러라."

"주, 죽고 싶어 환장한 것인가?"

"사람을 죽이겠다고 마음먹었으면 확실히 처리해라. 그렇지 않으면 네가 죽을 수도 있으니."

"이, 이런……."

"죽여라. 나 또한 나를 죽이겠다고 다짐한 여자를 그냥 살려둘 생각은 없으니."

그녀는 카미엘을 죽이려다가 잠시 고민에 빠진 듯했다.

"저, 정말 정규군이 맞나?"

"물론. 우리는 제국에서 온 군대다. 당신을 구할 의무가 있지만, 팔아먹을 권리는 없다고 할 수 있지."

"그렇다면 그 증거를 보여라."

카미엘은 그녀에게 제국군 사령관의 명패를 보여주었다.

"나는 제국군 총사령관 카미엘이라고 한다. 그대는?"

"초, 총사령관?"

"그렇다. 제국에선 나를 카미엘 공작이라고도 부르지."

제국군 사령관의 명패는 아무나 위조할 수가 없는 물건인지라 현물을 보곤 믿지 않을 수 없을 것이다.

하지만 그녀는 끝까지 카미엘에게 적의를 드러낸 채 으르렁거렸다.

"그, 그렇지만 어째서 나를 구해준 것이지?! 사령관이나 된다면서 왜 나 같은 유사인종에게 이렇게 잘해주는 것이냐고!"

"유사인종도 사람이다. 그런 사람을 구하지 않을 이유가 도대체 어디에 있단 말인가?"

카미엘의 한마디에 그녀의 눈동자가 격하게 흔들렸다.

"그럼… 나를 제국으로 데리고 가도 정말 노예로 팔아먹지 않을 것이란 말이지?"

"물론이다. 명색에 제국군 총사령관인데 이런 말도 안 되는 것으로 거짓말을 하겠나?"

"흠."

"원한다면 지금 이곳에서 떠나라. 잡지 않겠다."

그녀는 이내 칼을 바닥에 집어 던졌다.

채앵.

"좋아, 한번 믿어보기로 하지. 하지만 허튼수작을 부렸다간 아주 목덜미에 바람구멍이 날 줄 알아라.”

카미엘은 혀를 차며 병장기를 주워 들었다.

“거참, 성질 한번 고약한 여자군.”

“알면 되었다.”

이윽고 그녀는 다시 카미엘의 침대에 누워 잠을 청했다.

“혹시 몰라서 하는 말인데…….”

“건들라고 빌어도 안 건드린다. 걱정하지 마라.”

“뭐, 뭐라?!”

“나는 강간을 세상에서 제일 싫어하는 사람이다. 그런 내가 너를 덮칠 리가 없지 않나?”

“흥! 콧대 높은 놈!”

그녀는 이불을 머리끝까지 뒤집어써 버렸고, 카미엘은 실소를 흘렸다.

‘재미있는 여자네.’

이내 그 역시 잠을 청했다.

*   *   *

카미엘은 그녀를 데리고 제국의 심장부인 나르세우스로 돌아와 황제 레비로스에게 북방의 상황에 대해 설명했다.

그러자 그는 조금 더 정복을 서둘러야 함을 느낀 듯했다.

"안 되겠네. 지금 이대로라면 대륙 전역이 미쳐 날뛰고 말 걸세. 최대한 빨리 병탄을 시작해야겠어."

"소신의 생각도 그렇습니다."

"언제쯤이면 모든 준비가 끝나겠나?"

"겨울 내내 준비한다면 이른 봄에는 진군할 수 있을 겁니다."

"알겠네. 최대한 빨리 군을 준비시켜 병탄을 시작하자고."

"예, 알겠습니다."

이윽고 곧바로 돌아서는 카미엘을 바라보며 레비로스가 서운한 듯이 물었다.

"어이, 어디를 그렇게 급하게 가나? 술도 한잔 안 하고. 자네가 없어서 얼마나 심심했는데."

"후후, 술 마실 사람이야 지천에 널리지 않았습니까?"

"거참, 말 한번 서운하게 하는군. 친구라곤 하나뿐인데 어찌 그렇게 구는가?"

카미엘은 실소를 흘렸다.

"하하, 장난 좀 쳐봤습니다. 급히 갈 데가 있습니다. 다녀와서 한잔하시지요."

"쳇, 깍쟁이 같으니. 언제쯤 돌아올 것인가?"

"늦어도 저녁까진 돌아올 겁니다. 걱정하지 마시지요."

"쩝, 어쩔 수 없지."

"오는 길에 미란츠와 사슴고기를 준비해 오겠습니다. 북방에서 오리지널 미란츠를 공수해 왔습니다. 조금만 참으시지요."

"오오, 좋지!"

카미엘은 술동무를 해달라고 조르는 황제를 뒤로하고 곧장 유사인종 자치령으로 향했다.

*   *   *

카미엘을 따라 유사인종 자치령에 들어선 샤넬리아는 평화로운 주변 풍경을 바라보았다.

"크룩크룩! 따뜻한 모피 팔아요!"

"쿼익, 갓 잡은 노루고기 팔아요! 맛보고 가세요!"

오크는 물론이고 수인족까지 모두 거리로 나와 물건을 팔고 있었고, 가족 단위로 나들이를 즐기는 경우도 꽤나 많았다.

엘프들은 그들의 전통에 따라 거리에서 꽤나 농도 짙은 스킨십을 즐기는가 하면, 드워프들은 대낮부터 술판을 벌이느라 난리도 아니었다.

오히려 인간이 사는 도시보다 훨씬 깔끔하고 소소한 풍경에 그녀는 눈물이 날 것만 같았다.

"이, 이건……."

"유사인종들은 지금까지 군집을 이루지 않았기 때문에 그 응집력을 발휘하지 못했다. 하지만 그들 역시 서로 뭉치면 이렇게 잘살 수 있어. 나는 그것을 제국에 보여주고 싶었다."

처음 그녀가 카미엘을 만났을 때엔 그저 입만 살아 나불대는 양아치라고 생각했다.

하지만 점점 얘기를 듣다 보면 그의 묘한 매력을 느낄 수 있었다.

"너도 이곳에서 정식으로 주민등록을 하고 살아간다면 다시는 그런 수모를 당하지 않아도 될 것이야."

"크, 크흠! 그, 그것 참 좋은 소리 같군."

"자, 어서 시청으로 가자. 기별을 넣어두었으니 아마 엘프 인종 블록에 집을 구해두었을 거야."

"집?"

"사람이 살자면 집이 있어야 하지 않겠나?"

"하지만 나는 가진 것이 없다. 인간은 돈이 없으면 집도 못 얻는 종족이 아니었던가?"

"이곳은 자치령이다. 모든 재화는 제국에서 충당해. 그러니 걱정하지 말고 집을 사용하도록. 하지만 천년만년 놀고 먹을 수는 없는 노릇이니 조만간 꼭 일자리를 구해야 할 것이다."

이곳은 도시를 유지하는 구성원들에게 스스로 재화를 생산할 수 있는 일자리를 제공했다.

시청에서는 도시 이곳저곳에서 필요한 인력을 모집한다는 공고를 내고 일자리가 필요한 사람들은 그를 찾아가 일하면 약속된 돈을 받을 수 있었다.

카미엘은 제국에서 적용되고 있는 직종별 최소 임금을 이곳에서도 똑같이 적용하여 재화가 많은 자가 없는 자를 핍박하지 못하도록 했다.

만약 임금을 제대로 지불하지 않거나 평균 급여보다 낮은 급여를 지급하다 적발되면 자치군에게 압송되어 시민재판을 받았다.

법관들은 그에게 합당한 벌을 몇 종류 선별하고 그것을 표결에 붙여 다수결로 형벌을 집행했다.

만약 그것이 벌금형이라면 그에 따르고 그것으로 모자란다면 피해자가 직접 피의자의 볼기를 치는 태형까지 선고하기로 했다.

카미엘은 유사인종들이 서로 질서를 지키며 자신들의 도시를 만드는 것에 심혈을 기울이고 있었다.

만약 누군가가 그들의 권익을 침해한다면 신분 고하를 막론하고 엄벌로 다스렸다.

이것은 황제의 뜻이기도 했고 모든 무장의 생각이기도 했다.

다만 문관들의 반발이 아주 산발적으로 일어나고 있어 그들을 잠재우는 것 또한 큰 골칫거리 중 하나였다.

그들의 반발이 얼마나 크게 일어나건 카미엘은 이 도시를 끝까지 지킬 것이다.

카미엘이 시가지를 자나가자 유사인종들이 환호하며 그에게 술잔을 권했다.

"와아아아아아!"

"각하, 한잔하시지요!"

"바쁜 와중이지만 준다면 한잔하지."

"오오! 역시 화통하시군요!"

그에게 잔을 권한 사람은 오크족 전사였다. 술잔이 무려 카미엘의 몸통만 했다.

하지만 그는 아주 화끈하게 술잔을 비웠다.

꿀꺽, 꿀꺽, 꿀꺽!

"오오오오!"

"크하! 좋구나!"

"와아아아아아아!"

"카미엘! 카미엘!"

그는 손을 들어 시민들의 환호에 보답했고, 거리마다 그에 대한 칭송이 가득했다.

샤넬리아는 왜 그렇게 병사들과 기사들이 카미엘을 흠모하는지 알 것 같았다.

그는 사람과 화합하는 방법을 아주 잘 알고 있었다. 한마디로 흔히 말하는 '괜찮은 사람'이 바로 카미엘이었다.

어쩐지 그에게 퍼부은 폭언을 주워 담고 싶어지는 그녀이다.

"크, 크흠!"

"왜 그러지?"

"미, 미안했어."

"무슨 소리인가? 술은 내가 마셨는데 취한 것은 그쪽인 모양이군."

"미, 미안하다면 그런 줄 알지 뭐가 그렇게 말이 많아?"

카미엘은 실소를 흘렸다.

"큭큭, 뭐 그렇다면 그렇다고 해두지."

그녀는 카미엘의 어깨가 참으로 매력적이라고 느꼈다.

아마도 저 넓은 어깨 위에 유사인종의 미래가 걸려 있기 때문인지도 모른다.

＊　　　＊　　　＊

샤넬리아는 카미엘이 최고의 기사일 뿐만 아니라 제국 최고의 마도학자라는 사실도 알게 되었다.

지금 도시 곳곳에 있는 마나코어 장치는 그가 직접 고안하고 만들어낸 기계였다.

마나코어는 생활의 질을 높여주고 생활에 안정을 가져다주는 아주 고마운 물건이다.

그녀는 그런 마법에 매력을 느껴 당장 상아탑에 입단 신청서를 제출했다.

그들은 1만년 만에 처음으로 엘프가 신청서를 냈다고 부산을 떨며 입단을 허락했다.

그녀가 듣기로 상아탑은 자존심이 높은 마법사들의 요람이라고 했다.

그렇지만 꼭 그렇지만도 않은 모양이다.

상아탑의 마법사들은 그녀를 일원으로 맞아 아주 친절하고 상냥하게 대해주었다.

견습마법사들은 상아탑에 거주하며 허드렛일을 도맡아했지만 그녀는 특별히 허드렛일에서 제외되었다.

심지어 마법사들은 그녀의 빨래까지 챙겨주겠다고 했지만 자신의 속옷을 남에게 맡길 수는 없는 노릇이었다.

그녀 역시 여자, 마음 한편에는 부드러운 감성이 자리 잡고 있었던 것이다.

견습생들의 마나 연공이 있는 아침, 그녀는 누구보다 일찍 나와 연공장을 쓸고 닦았다.

슥삭슥삭.

하지만 이내 다른 견습생들이 달려와 그녀를 만류했다.

"어, 어어?! 왜 이래? 너는 이런 허드렛일과 어울리지 않는다니까."

"그게 무슨 소리야?"

"넌 거울도 안 보냐?"

"뭐, 뭐?"

순간, 그녀는 자신의 외모에 대해 깊은 자괴감에 빠졌다.

'내, 내가 그렇게 못생겼나?'

그녀는 단 한 번도 자신이 못생겼다는 생각을 해본 적이 없다.

그럼에도 불구하고 자신에게 추녀라는 말을 저렇게 간접적으로 하다니 자존심이 상했다.

샤넬리아는 이를 악물고 연공장을 더 열심히 청소하기 시작했다.

벅벅벅벅!

"쳇, 못생긴 사람은 사람도 아닌가?"

그녀는 바닥이 빛이 날 때까지 걸레질을 했고, 그 기세가 워낙 무서워서 다른 동기들은 아예 말도 걸지 못했다.

벅벅벅벅!

분노의 걸레질을 하고 있는 그녀가 한참 착각하고 있는 것이 있었으니. 견습생들은 그녀가 추녀라서 차별하는 것이 아니라 외모가 비정상적으로 아름답기 때문에 특별대우를 하고 있었던 것이다.

심지어 상아탑에 기거하는 모든 견습생이 남자인 것을 감안한다면 그녀의 특별대우는 그리 이상할 것도 없었다.

다만 교수들의 핀잔을 듣는 것이 싫어서 겉으로 표현을 자제하고 있을 뿐이었다.

일이야 어찌 되었든 그녀에겐 열심히 할 수 있는 계기가 되었으니 전화위복이라고 할 수 있었다.

*   *   *

학교에 입학한 지 3년, 그녀는 단박에 수석 자리를 꿰찼고 연금술사들의 총애를 받게 되었다.

여자로서, 특히나 유사인종으로선 최초로 수석 연금술사로서 자리매김하게 되었던 것이다.

그녀는 대륙 전역을 돌아다니며 자신의 대의를 위해 싸우고 있는 카미엘에게 이 기쁜 사실을 알렸다.

그러자 그는 그녀에게 자신이 직접 만든 마나코어 수정구를 선물로 주었다.

제국군을 이끄느라 눈코 뜰 새 없이 바쁜 나날임에도 불구하고 자신을 위해 선물을 만들었다는 것은 그녀에게 있어 아주 큰 의미로 다가왔다.

'혹시 그도 나를…….'

쓸데없는 상상이라는 것을 알지만 그런 상상만으로도 행복해지는 그녀다.

＊　　　＊　　　＊

대륙을 일통한 영웅 카미엘의 마지막 모습.

형틀에 매달린 그를 바라보는 시민들의 눈가에 분노가 가득했다.

"죽어라!"

"살인자다!"

"죽여라! 죽여라!"

이미 심장을 도려내 의식을 잃은 그에게 돌팔매질이 이어졌고, 그는 온몸에서 피를 흘리며 죽어갔다.

아마 지금쯤이면 죽었을지도 모르지만 시민들의 분노는 기필코 그를 걸레짝으로 만들고 말겠다는 듯이 작렬했다.

그녀는 자신들을 구원한 영웅에게 돌팔매질을 하는 이들

을 바라보며 입술을 깨물었다.

'개자식들! 쓰레기 같은 놈들!'

생각 같아선 마법사들을 선동하여 이들을 모두 쓸어버리고 싶은 충동이 일었다.

하지만 그런 그녀의 마음을 가장 잘 아는 여인이 곁에 서 있었다.

"···참아. 그분의 대의를 위해서라면 참아야 해."

"제, 제이나?"

"당신이 폭주한다면 그가 이뤄놓은 이 태평성대는 도대체 어떻게 지킬 건가?"

그녀는 머릿속이 복잡해진다.

"태평성대라니, 그 중심인물인 카미엘이 형틀에 매달려 죽어가고 있어. 그게 무슨 태평성대라는 거지?"

"···그분께서 희생하면서 지키신 것이라면 그만한 가치가 있겠지."

제이나의 손 역시 주체할 수 없을 만큼 덜덜 떨리고 있다.

그녀는 이 세상에 진정한 태평성대는 오지 않는다는 것을 익히 알고 있었던 모양이다.

그에 대한 분노로 인해 몸이 떨리지만 억지 태평성대이나마 이뤄지도록 바라고 있었던 것이다.

'되살려야 해.'

진정한 태평성대를 다시 세울 사람은 카미엘뿐이라는 생각이 그녀의 머릿속을 잠식했다.

하지만 과연 되살아난 그가 웃을지는 의문이다.

외전 끝

내일을 향해 쏴라

김형석 장편 소설

FUSION FANTASTIC STORY

1만 시간의 법칙!
'성공은 1만 시간의 노력이 만든다'는 뜻이다.

그러나…
사회복지학과 복학생 수.
전공 실습으로 나간 호스피스 병동에서
미지와 조우하다.

1만 시간의 법칙?
아니, 1분의 법칙!

전무후무한 능력이 수에게 강림하다!
맨주먹 하나로 시작한 수의
인생역전이 시작된다!

Book Publishing CHUNGEORAM

유행이 아닌 자유추구
WWW.chungeoram.com

우각 新무협 판타지 소설

북검전기

2014년의 대미를 장식할,
작가 우각의 신작!

『십전제』, 『환영무인』, 『파멸왕』…
그리고,
『북검전기』
무협, 그 극한의 재미를 돌파했다.

북천문의 마지막 후예, 진무원.
무너진 하늘 아래 홀로 서고, 거친 바람 아래 몸을 숙였다.

살기 위해! 철저히 자신을 숨기고
약하기에! 잃을 수밖에 없었다.

심장이 두근거리는 강렬한 무(武)!
그 걷잡을 수 없는 마력이,
북검의 손 아래 펼쳐진다!

즐거운
인생

미더라 장편 소설
FUSION FANTASTIC STORY
A Bittersweet Life

삶의 의욕을 모두 잃은 주혁.
어느 날 녹이 슨 금속 상자를 얻는데…….

"분명 어제도 3월 6일이었는데?"

동전을 넣고 당기면 나온 숫자만큼 하루가 반복된다!

포기했던 배우의 꿈을 향해 다시금 시작된 발돋움.
눈앞에 펼쳐진 새로운 미래.

과연 그는 목표를 이루고
인생을 바꿀 수 있을 것인가!

Book Publishing CHUNGEORAM

글쌈 장편 소설
FUSION FANTASTIC STORY

세상을 다 가져라

[세상을 다 가져라]

**문피아 선호작 베스트 작품 전격 출간!
현대판타지, 그 상상력의 한계를 넘어서다!**

권고사직을 당한 지 2년째의 백수 권혁준.

우연히 타게 된 괴상한 발명품으로 인해
과거로 회귀한다!

그런데
과거로 온 혁준의 손에 들려 있는 것은 바로
최신형 스마트폰!

"까짓 세상, 죄다 가져 버리겠다 이거야!"

백수였던 혁준의 짜릿한 인생 역전이 시작된다!

Book Publishing CHUNGEORAM

유행이 아닌 자유추구~
WWW. chungeoram.com

야차전기

임영기 新무협 판타지 소설

FANTASTIC ORIENTAL HEROES

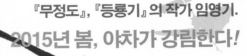

『무정도』,『등룡기』의 작가 임영기.
2015년 봄, 야차가 강림한다!

"오 년 후에 백학무숙을 마치게 되면
누나를 찾아오너라."
가문의 멸망.
복수만을 꿈꾸며 하나뿐인 혈육과 헤어졌다.
하지만 금의환향의 길에 벌어진 엇갈림…

모든 것이 무너진 사내 화용군!
재처럼 타버린 위에
삼면육비(三面六臂)의 야차가 되어 살아났다!

악이여, 목을 씻고 기다려라!

Book Publishing CHUNGEORAM

유행이 아닌 자유추구 -
WWW.chungeoram.com